www.mayabook.co.kr

렙업하는 마왕님 ❸

지은이 | MJ STORY 김태형
펴낸이 | 권순남
펴낸곳 | (주)마야 · 마루출판사

등록 | 2008. 1. 7 (제310-2008-00001호)

초판 인쇄 | 2017. 1. 24
초판 발행 | 2017. 1. 31

주소 | 서울시 노원구 상계 1동 1049-25 신영산업 BD 602호
대표전화 | 02-2091-0291
팩스 | 02-2091-0290
이메일 | marubooks@hanmail.net

ISBN | 978-89-280-7545-4(세트) / 978-89-280-7732-8
정가 | 8,000원

잘못된 책은 교환하여 드립니다.
저자와 협의하여 인지를 붙이지 않습니다.

「이 도서의 국립중앙도서관 출판시도서목록(CIP)은 서지정보유통지원시스템 홈페이지(http://seoji.nl.go.kr)와 국가자료공동목록시스템(http://www.nl.go.kr/kolisnet)에서 이용하실 수 있습니다.」
(CIP제어번호:CIP2017001792)

렙업없는 마왕님

3

MJ STORY 김태형 게임 판타지 장편소설

MAYA&MARU GAME FANTASY STORY

마야&미루

❋ 목 차 ❋

제1장. 꿈에 안 나와서 이상하다 싶었는데 …007

제2장. 이 새끼, 훈련이 뭔지 모르나? …039

제3장. 원하는 걸 말해 …073

제4장. 그 이하는 강철 씨 때문에 안 됩니다 …103

제5장. 어둠의 강화사 …133

제6장. 폭룡 로저스 …167

제7장. 빚을 진 그때만큼은 바라지도 않으니까 …199

제8장. 나도 꼭 이겨 보고 싶습니다 …229

제9장. 누구도 내 손에서 이걸 뺏어 갈 수 없다 …261

제10장. 네가 밥값은 하고 다니는구나? …293

렙업하는 마왕님

제1장

꿈에 안 나와서 이상하다 싶었는데

강철은 아리엘에게 귓말을 보냈다.

「아리엘!」

급작스러운 귓말에 아리엘이 무슨 일이냐는 듯 쳐다봤다.

「튈 거야.」

「예? 방금 전까지만 해도 상대한다고…….」

그건 쟤들이 듣고 있을 테니까 일단 안심시키려고 한 말이다. 아리엘 들으라고 한 말이 아니란 거다.

「마왕님! 도망친다고 해도 포털이나 마법진을 열어야 하는데……. 지금은 전투 중이라 그것도 불가능하잖아요?」

「없으면 만들어야지!」

「예? 어떻게요?」

버는 것보다 중요한 건, 아껴 쓰거나 지키는 일이다.

강철은 다시 귓말을 보냈다. 이번엔 찰스에게였다.

「부르셨습니까?」

「스피츠에게 좀 다녀와.」

「스피츠 님에게요?」

「가서 어디로든 좋으니까, 여기 말고 다른 데로 좀 보내달라고 부탁해라. 나랑 아리엘, 케인, 딱 셋이면 돼. 좌표 필요해?」

「아, 그런 건 괜찮습니다. 위대하신 스피츠 님께서 그 정도야…….」

「서둘러!」

강철의 단호한 지시에 찰스는 다른 말을 하지 못했다.

스피츠는 거절하지 못할 거다. 송재균의 말로는 스피츠가 강철을 필요로 한다고 했으니까.

들어준다. 반드시 들어줄 거다.

강철은 고개를 돌려 리온을 바라봤다. 마치 싸우기 전에 상대를 살피는 것처럼 아주 진중한 눈빛이었다.

놈은 랭커인 루난과 솔라에게 뭐라고 으르렁거렸는데, 말이 끝나기 무섭게 두 랭커가 다 꼬리를 말았다.

우습게도 말이 끝나고 난 뒤, 두 놈은 감히 강철 쪽으로 고개도 돌리지 못했다.

강철이 무서워서 그런 건 절대 아닐 거다. 그렇다면 리온이 강철을 맡겠다고 협박한 게 분명했다.

「아리엘, 일단 버텨야 돼.」

「얼마나요?」

찰스가 스피츠를 찾아가는 데만 해도 5분, 상황을 설명하는 데도 그 정도는 또 필요할 거다.

정말 짧게 잡아서 그 정도다.

「일단 10분! 10만 견뎌!」

「그 정돈 해 볼 수 있을 거예요.」

과연 그럴 수 있을까? 아리엘이?

리온은 강철과 아리엘을 보며 히죽거리고 있었다.

놈의 상태창을 급하게 살펴본 강철은 내심 고개를 끄덕일 수밖에 없었다.

저 정도는 되니까 여유를 부렸겠지.

주요 스탯이 2천을 그냥 넘겼으니, 대충 계산해 봐도 1,200레벨 수준의 능력치를 보유하고 있는 거였다.

튈 때 튀더라도, 저런 괴물 같은 놈을 아리엘에게 맡길 순 없다.

「아리엘이 케인과 함께 랭커 두 놈을 맡고, 내가 리온을 상대한다.」

「그건 너무 위험한 일이에요!」

「상대를 꺾으려고 할 필요 없어. 최대한 넉넉하게 유지하면서. 가능해?」

「그 정도는 물론이죠.」

둘이 귓말을 주고받을 때였다.

저벅저벅.

앞머리가 얼굴의 반을 덮은 리온이 강철을 향해 다가왔다.

유난히 작은 얼굴에 긴 팔다리, 가벼워 보이는 갑옷만 보면 전장과 어울리는 외형은 아니었다.

놈의 걸음을 시작으로 루난과 솔라도 움직이기 시작했다. 리온과 반대 방향으로 최대한 멀리 떨어지는 거였다.

그게 마치 사자 옆에서 '난 너의 먹잇감엔 관심이 없다.'고 울부짖는 하이에나 같아 보였다.

아리엘과 케인은 그 둘을 향해 담담히 걸음을 옮겼다.

어쨌거나 교통정리는 얼추 끝났고, 이제 박 터지게 싸우는 일만 남은 상황이었다. 도망가기 전까지만 말이다.

"머리 위에 마왕이라고 크게 쓰여 있군."

리온이 한껏 입꼬리를 들어 올리며 이죽거렸다.

앞머리 너머로 슬쩍슬쩍 보이는 이목구비가 제법 준수했지만, 저 인간이 먼저 게임을 접지 않는 한 지겹도록 봐야 할 얼굴이 될 거다.

강철이 놈을 살피는 순간이었다.

"하앗!"

더는 시간이 아깝다는 것처럼 놈은 대뜸 강철을 향해 달려들었다.

타다다다다!

답답했던 앞머리가 시원하게 올라가며 놈의 눈이 온전히 드러났다. 섬뜩한 한기가 놈의 눈에서 쏟아져 나와 강철의 명치를 향해 먼저 날아드는 느낌이었다.

"으아아앗!"

리온이 내뻗은 주먹에 아지랑이가 피어오르는 것처럼 주변이 일그러져 보였다.

젠장! 생각보다 너무 강한 거 아닌가!

강철은 일단 양손을 가로질러서 명치를 보호했으나,

콰앙!

주먹이 닿는 즉시 뒤로 튕겨져 나갔다. 막는다고 막을 수 있는 위력이 아니었다.

'염병할! 돈 아무리 줘 봐라! 이 새끼랑 싸우나!'

굳이 튕겨 나갈 필요 있을까?

어차피 시간을 끌자고 하는 싸움인데!

강철이 뒤로 밀려나고 있을 때였다. 리온은 강철을 노리는 눈빛으로 손을 높이 들었다.

마법사도 아닌데 불덩이를?

핸드볼만 한 불덩이가 삽시간에 리온의 손을 떠나 강철을 향해 날아들었다.

화아아아악!

저걸 손으로 막아 보겠다는 건 위험한 짓이다.

촤악!

'이익!'

튕기던 탄력으로 바닥을 박찬 강철은 날개를 펴며 몸을 틀었다.

강철의 모습을 본 리온은 재차 양손을 높이 들었다.

그오오오!

이번엔 불덩이를 10개쯤 만들어 허공에 높다랗게 띄웠다.

샤아아악!

강철이 어디로 날아가든 하나는 맞히겠다는 계획으로 보였다.

슈우우우우욱!

그래도 카이얀의 절대자 강철이다. 이 정도는 충분히 예상하는 수준이란 뜻이다

촤아아악! 촤아아악!

강철은 일단 허공으로 솟구쳐 올랐다. 그러고는 날아드는 불덩이를 향해 사이드를 휘둘렀다.

슈웅! 슈웅! 슈우우웅!

사이드 끝이 다 그을리도록 불을 흩뜨려 놓았을 때는 피가 천이 넘게 날아갔다.

「찰스? 얼마나 기다려야 돼!」

찰스의 답은 없었다.

후우!

그렇다면 아직은 시간을 더 끌어야 한다는 의미였다.
오냐! 어디 한 번 잡아 봐라!
좌아아악! 좌아아악!
강철은 일부러 구경꾼이 많은 곳으로 날았다.
놈의 공격이 실패하면 구경꾼이 희생당할 수도 있다는 부담감을 주기 위해서였다.
하지만,
콰아아아앙!
놈은 희생이 있건 말건 일단 불덩이를 던지고 봤다. 수십, 수백 명쯤 죽어도 눈 하나 꿈쩍 않는 놈이었다.
간혹,
푸슛! 푸슛!
그 와중에도 강철에게 화살을 쏘는 유저가 보이면, 뜻밖에도 놈이 맹렬한 기세로 다가가 철저히 응징하곤 했다.
"내 먹잇감에 손대는 놈은 다 죽인다."
살벌한 멘트와 함께 상대의 아이템을 집어삼키는 야비함 또한 빠트리지 않았다.

⚡

거대한 드래곤 레어 한복판이었다.
빛이 철저히 차단된 그곳엔 거대한 기둥에 걸려 있는 두 개의 등불이 겨우 빛을 밝히고 있었다.

그 아래로 마법진이 그려졌고, 잠시 뒤 찰스가 모습을 드러냈다.

기둥 뒤에 선 스피츠는 그 과정을 응시하고 있었다.

《인사는 생략하라.》

스피츠의 말에 찰스는 무거운 얼굴로 고개를 숙였다.

"마왕께서 보내셨습니다."

《말해 보아라.》

"소환을 부탁하셨습니다. 이계에서 무사 귀환할 방법을 강구하는 모양입니다."

찰스의 말이 떨어지자 하늘에서 구슬 하나가 내려왔.

등불 근처에 와서야 '아, 뭐가 내려오는구나.' 알아볼 수 있을 정도로 드래곤 레어 안은 어둠이 지배하고 있었다.

속이 환히 들여다보이는 투명한 구슬이었다.

스피츠가 그 위에 손을 올리자, 투명한 구슬 안으로 어떠한 장면이 그려지기 시작했다.

구슬은 강철의 전투를 똑똑히 담아 냈다.

스피츠는 그것을 잠시간 바라봤다.

《그가 소환을 부탁했다고?》

"예, 그렇습니다."

바로 그때, 강철로부터 귓말이 날아들었지만 찰스는 대꾸를 할 수 없었다.

《굳이 저자를 베지 말아야 할 이유라도 있는가?》

그의 말에 찰스는 구슬 안을 들여다보았다. 리온을 말하는 게 분명해 보였다.

"아무래도 히든 클래스이고, 아직은 격차가 있다고 판단한 모양입니다."

찰스의 말에 스피츠는 석연치 않다는 듯 고개를 저었다.

《그의 뜻이 소환이라면 그건 어렵지 않다. 하지만 마왕이 지닌 힘을 빨리 깨우칠 필요는 있겠다.》

무기고에 있는 템을 사용한다고는 해도, 마왕의 레벨이라 봐야 200밖에 안 된다.

곡괭이질 할 때부터 지켜봤으니, 눈부신 성장을 해 왔다고 한들 아직 히든 클래스를 상대할 수 없는 건 당연했다.

"그게 무슨 말씀이신지?"

찰스의 물음에 스피츠는 대꾸하지 않았다. 그저 담담한 얼굴로 보주를 응시할 뿐이었다.

아리엘은 케인과 꼭 일직선상에 서려 노력했다.

탱커와 딜러가 일정한 진형을 갖출 때, 둘 다 제 역할을 수행하기 편해지기 때문이었다.

하지만 진형만큼은 상대도 똑같았다.

거대한 덩치의 루난에 가려, 도적 솔라는 보이지도 않을 정도였다.

보이지 않으면 나타나게 해 주면 그만인 거다.

"하아아앗!"

파바바바!

그녀는 지체 없이 마법을 쏘아 댔다. 그러자 루난이 앞으로 튀어나와 그것을 맨몸으로 고스란히 받아 내었다.

바로 그 순간 은신하고 있던 솔라가 급작스레 튀어나와서는,

"이야앗!"

독이 묻은 단검을 케인에게 내질렀다.

쐐애액! 척!

케인은 놀라운 속도로 솔라의 손목을 허공에서 붙들었다.

"으응?"

하지만 잡은 것은 잔상일 뿐, 본체는 벌써 아리엘을 향해 쏘아져 나가는 중이었다.

기다렸다는 듯 루난 또한 아리엘을 향해 몸을 날리는 상황!

"하아아앗!"

놀라운 건 그녀가 이 모든 상황을 예상했다는 듯, 그 즉시 마법을 쏟아 냈다는 거였다.

모든 것이 강철의 귓말 덕분이었다.

「아리엘, 정면으로 날아오는 거! 그것도 잔상이야. 본체는 좌측이다!」

귓말을 확인한 그녀는 아무도 없는 좌측 하단을 향해 불덩이를 떨어뜨렸다.

그러자,

"으아아악!"

비명이 터져 나옴과 동시에 솔라가 뒤로 벌렁 넘어졌다.

루난과 솔라가 지금껏 이름을 날릴 수 있었던 최후의 한 방이었다.

이 패턴은 단 한 번도 실패해 본 적 없었다.

루난은 당황한 듯 주춤거렸다. 결정타가 무산되자 어찌해야 할지 길을 잃은 느낌이었다.

아리엘은 허둥대는 루난과 솔라를 향해 마법을 쏟아 냈다.

얼음 마법의 결정이 두 사람을 향해 날아간 직후였다.

「솔라!」

강철의 귓말이 아리엘의 귀를 파고들었다.

응?

그녀의 시선에 솔라는 여전히 바닥에 널브러져 고통스러운 표정이었다.

「위!」

그 순간 강철의 귓말이 또다시 들렸고,

"하아아앗!"

아리엘은 반사적으로 스태프를 높게 들었다.

그리고 그 순간, 번개가 스태프의 위쪽에서 요란하게 뻗어 나왔다.

"커헉!"

놀라운 일이었다.

정말 위에서 솔라가 떨어졌다. 도무지 믿기지 않는다는 듯 어안이 벙벙한 표정으로 말이다.

아리엘은 힐끔 강철이 있는 곳을 바라봤다.

촤악! 촤악!

강철은 아직도 리온에게 쫓기는 중이었다. 잡힐 듯 잡힐 듯 안 잡혔는데, 그 와중에 어떻게 이곳 상황까지 체크해서 귓말을 보내는지, 참 그 솜씨가 감탄스러울 따름이었다.

"전에 있던 세계에선 더했어. 장난 아니었다구."

아리엘의 앞을 지키던 케인이 툭 던진 말이었다.

"지금보다 더요?"

"그땐 사람 아니었지."

왠지 그 모습이 상상돼서 아리엘은 고개를 끄덕일 수밖에 없었다.

「찰스? 어떻게 됐어?」

답신 따윈 없었다.

펑! 펑! 펑! 펑!

약이 오를 대로 오른 리온은 거푸 마법을 쏟아 냈다.

날개에 달린 고속 비행 옵션 덕분인지 강철의 민첩성은 대단했다. 날개가 없었다면, 마왕의 능력치를 가져오지 못했다면 벌써 죽어 나자빠졌을 상황이었다.

슈우우욱!

강철이 날갯짓으로 놈의 공격을 피할 때마다,

끄아아악!

리온의 화염구를 피하지 못한 애꿎은 유저들이 새카맣게 탄 모습으로 목숨을 잃었다.

마왕도 아닌 놈이 오지게 죽이네, 진짜.

놈의 스탯은 정말이지 엄청났다.

강철이 단 한 번도 반격을 생각하지 못하게 할 정도로 어마어마한 격차였다.

분명 게임을 계속하는 한, 리온이라는 놈 지겹게 봐야 하는 것도 맞다.

히든 클래스가 아니었어도 랭커가 될 정도의 충분한 자질을 갖춘 놈인 것까지도 다 맞다.

하지만 리온은 여기까지다.

강철에게 있는 경험과 믿을 수 있는 동료가 없는 리온은 말이다.

촤아아악! 촤아아악!

펑! 펑! 펑! 펑!

"에잇! 존내 따라오네!"

화염구를 피한 강철은 허공에 뜬 채로 사이드를 목에 가져갔다.

"내가 이렇게 내 목 그어 버리면 아까운 레전드리 템 누가 먹을까?"

NPC가 자살한다는 걸 누가 생각이나 해 봤겠나.

엉뚱한 상황에 닥치자 분통이 있는 대로 터진 것처럼 리온의 눈에서 불길이 활활 타올랐다.

"그 전에 죽여 주마."

놈이 정말이지 섬뜩한 마법을 쏟아 내는 순간이었다.

「아리엘! 3시 방향! 얼음 마법!」

「예!」

아리엘의 대답과 동시에,

파바바바!

얼음 결정이 리온에게 쏟아졌다.

"젠장!"

데미지는 별로 대단할 게 없는 마법일지라도 동작이 둔화되는 것은 분명했다.

강철만 생각한 게 분명했던 놈은 진행 방향만 예상했다가 아리엘의 얼음 마법에 제대로 당하고 말았다.

"너부터 죽여 주마!"

얼마나 분통이 터졌던지 방향을 튼 리온이 대뜸 아리엘을 노리고 날아들었다.

역시나 민첩성 2천대를 넘는 놀라운 속도였다.

하지만 강철도 날개 달린 마왕이다.

촤아아아아아악!

바닥에 내리꽂히듯 날아간 강철은,

쐐애애액!

놈의 주먹이 노리는 곳을 향해 사이드를 휘둘렀다.

콰아아아앙!

엄청난 폭발음이었다.

한 번의 충돌에 속이 울컥 뒤집히는 것 같았고, 피통이 바로 바닥에 떨어질 정도의 충격이기도 했다.

대신 아리엘을 노렸던 놈의 주먹을 막았다. 지금 중요한 건 그게 전부였다.

"혼자서 너무 설치지 마. 우린 셋이니까."

"모조리 한 방에 죽여 주마!"

목이 터질 것처럼 커다랗게 고함을 지른 리온이 험악하게 일그러진 표정으로 양손을 높이 드는 순간이었다.

파밧!

눈부신 빛줄기가 툭 터져 나왔고,

슈우우웅!

그와 동시에 강철과 아리엘, 케인의 모습이 화면에서 깨

끗하게 사라져 버렸다.

※

쾅쾅쾅!

천용진 부사장은 송재균의 방에 주먹질과 다름없는 노크를 해 댔다.

대답 따위 듣지도 않고 일단 문부터 열어젖힌 그는 다짜고짜 송재균의 책상으로 향했다.

먼저 와 있던 이재학 전무가 놀라며 인사는 했지만, 그는 시선조차 주지 않았다.

"후우."

씩씩대는 천용진 부사장은 저러다 사람 하나 잡지 싶을 정도였다.

"지금 뭐하자는 거요!"

누가 봐도 가까스로 뱉는 존댓말이었다.

하지만 분위기만큼은 이미 윽박을 지르는 수준이라, 송재균은 가늘게 뜬 눈으로 그를 바라보고 말았다.

"아니, 마왕이 등장하는 프로모션에서! 그 마왕이 사라지는 게 말이나 됩니까? 무슨 일인지 설명할 수 있어요?"

"조사 중에 있습니다."

"설마 게임상의 버그입니까?"

천용진은 걸리기만 해 보라는 표정이었다.

정말 버그면 개발진 전부 책상 뺄 각오쯤 하라는 듯, 그는 눈을 부라렸다.

"버그는 아닙니다. 마왕이 NPC에게 도움을 청한 모양인데, 정확한 건 더 조사를 해 봐야 알 수 있습니다."

"그럼 NPC와 연락할 수 있는 방도를 다 막아 놨어야지!"

부사장은 기다렸다는 듯 고함을 내질렀다.

"이 프로젝트에 걸려 있는 기대가 얼만지 압니까? 무슨 일을 이따위로 처리하는 거냐구요!"

부사장의 말이 떨어짐과 동시에 송재균은 시선을 떨굴 수밖에 없었다. 안 그러면 부사장의 눈을 쏘아볼 것만 같아서였다.

이 프로젝트에 걸려 있는 기대가 얼마냐고 물었지?

이 프로젝트를 기획한 게 누군데?

당신들이 한 거라곤 반대가 다잖아!

송재균은 이를 부득 갈았다.

강철의 영상이 노출될 때마다 매출이 미친 듯이 올랐다.

강철이 대놓고 출현한 오늘, 그 짧은 시간 동안 올린 매출만 수백억이 넘었다.

송재균의 고집이 옳았다는 뜻이지만, 반대로 끝까지 어깃장을 놓았던 임원진의 무능을 반증하는 일이기도 한 거다.

그런 상황을 생각하면 부사장이 이처럼 날뛰는 게 어쩌

면 당연한 일이었다.

날아간 수익도 아쉽고, 더불어 이 기회를 이용해 어떻게든 송재균의 공을 흠집 내고 싶을 테니까.

완벽한 준비를 하지 못했다는 책임을 물으려 할 거고, 기획은 송재균이 했어도 그걸 실행할 사람은 따로 있다고 우겨 대는 장면이 눈에 그려질 지경이었다.

"충분한 매출을 더 올릴 수 있는 절호의 기회였습니다. 그걸 개발자들의 실수로 걷어차 버린 겁니다. 누군가 책임져야 되는 거 아니에요? 마왕을 관리하든, NPC를 관리하든 했어야 할 거 아닙니까!"

송재균은 더 이상 참기 힘들다는 눈으로 부사장을 노려봤다.

"이참에 프로모션 한 번 더 하는 것도 방법이겠네요."

"뭐요?"

"매출이 그렇게 잘 나오는데, 사라진 마왕 핑계로 한 번 더 하면 우리만 좋은 거 아니겠습니까?"

그의 말에 부사장은 어처구니가 없다는 듯 헛웃음을 토해 냈다.

"그런 식으로 면피할 생각인 거라면 더 말할 것도 없겠네요. 됐습니다. 프로모션이 무슨 장난도 아니고……."

부사장의 비아냥을 똑똑히 바라보며, 송재균은 내선 전화기를 들어 버튼을 눌렀다.

신호음이 이어졌고, 잠시 뒤 수화기 너머로 목소리가 들려왔다.

"의장님, 송재균입니다."

그리고 그는 스피커폰으로 전환한 뒤 수화기를 내려놓았다.

"천용진 부사장, 이재학 전무와 함께 있습니다. 스피커폰으로 다 같이 듣고 있는 거고요."

부사장은 이게 지금 무슨 짓이냐는 듯 얼굴을 일그러뜨렸지만, 송재균은 눈길도 주지 않았다.

(말씀하십시오.)

"마왕이 프로모션 중에 사라져 버린 건에 대해 말씀드리려고 연락드렸습니다."

(확인했습니다. 커뮤니티 반응도 체크 중이고요.)

김택수 의장의 말 한마디에 천용진의 얼굴이 금세 밝아졌다. 커뮤니티 반응까지 확인했다면 송재균이 무슨 소리를 하든 답은 나왔다는 생각인 듯했다.

(마왕이 왜 갑자기 사라진 거죠? 기술적 결함이었습니까?)

"NPC에게 도움을 요청한 모양입니다. 그대로라면 당할 거라고 확신해서 도주를 결심한 겁니다."

(기지를 발휘했다?)

"예."

(커뮤니티 반응은 나쁘지 않습니다. 유저들을 무차별적

으로 공격하던 리온이 보상을 받느니, 차라리 마왕이 도망을 간 게 더 속 시원하다는 반응이 꽤 있더군요.)

그러자 잠자코 듣고 있던 천용진이 끼어들었다.

"그런 반응이 전부는 아니지 않습니까?"

(부사장님이십니까?)

"아, 예."

(공식 홈페이지와 최대 커뮤니티 반응만 놓고 보면 나쁘지 않습니다. 살다 살다 도망가는 보스몹은 처음이라고, 넥씨가 대체 뭘 만든 거냐고 재미있어 하더군요.)

"레전드리 템 주기 싫어서 마왕을 빼돌린 거 아니냐고, 본사를 의심하는 반응도 꽤 있던데요?"

(그야 적절한 보상 정책이 나와야겠지요? 그 정도 운영 능력이야 충분하지 않습니까? 안 그렇습니까, 이재학 전무님?)

"아, 예. 물론입니다. 그 정도는 문제없습니다."

위기관리 담당 부서를 컨트롤하는 역할을 오랜 시간 맡아 왔던 이재학이다. 그로서는 당연히 그렇게 답할 수밖에 없었는데, 그 때문인지 천용진 부사장의 얼굴이 잔뜩 붉어져 있었다.

바로 그때였다. 송재균이 승부수를 띄운 것이.

"의장님, 이참에 프로모션을 다시 한 번 진행하시는 게 어떻습니까?"

(다시요?)

"레전드리 아이템은 물론이고, 마왕의 수하들을 잡게 되면 그에 따라 드롭되는 장비까지 추가로 세팅을 해 두겠습니다."

(흐음.)

"아무래도 이번 프로모션은 고렙 유저들만 참여할 수 있었으니까요. 라이트 유저들에게도 혜택이 돌아갈 수 있도록 좀 더 다양한 방식을 찾아보겠습니다."

(그런 계획이라면 오늘 중으로 공지해야 맞지 않겠습니까? 그러려면 시간이 많지 않을 텐데요?)

"두 시간 안으로 찾아뵙겠습니다."

(기대하고 있겠습니다.)

김택수 의장의 말을 끝으로 통화가 종료됐다.

천용진은 얼굴이 벌게져 있었고, 애매하게 서 있는 이재학은 두 시간 안에 유저 보상 정책을 내놔야 한다는 생각에 마음이 벌써 집무실에 있는 상황이었다.

"자리를 좀 비워 주시겠습니까? 모두가 동의할 만한 멋진 기획을 하나 만들어야 해서요."

"이잇……."

이번 기회에 송재균을 굴복시키겠다고 단단히 벼르던 천용진은 이를 악물며 돌아서야 했다.

그의 볼이 부르르 떨렸는데, 송재균은 눈길조차 주지 않고 모니터에 시선을 줄 뿐이었다.

⭐

 누가 기다랗게 선을 그어 놓은 것처럼 허공에 금이 생긴 직후였다. 강철과 아리엘, 케인이 그 틈을 비집고 나온 것처럼 바닥에 떨어졌다.
 "살았다!"
 발이 땅에 닿는 순간, 강철은 정말이지 그 말이 가장 먼저 나왔다. 하지만 그런 감정도 잠시, 강철은 재빨리 주변을 둘러봤다.
 일단 아리엘과 케인은 무사히 도착했고, 여기가 어딘지만 살피면 되는데?
 거대한 기둥에 위태롭게 매달린 두 개의 등불이 가장 먼저 보였다. 그리고 그 아래로 너무도 반가운 팔뚝이 떡하니 나타났다.
 "찰스!"
 "고생 많으셨습니다."
 그래. 찰스가 있다면 안전한 곳이 분명하다.
 과연 그 옆으로 거대한 덩치의 스피츠도 있었다.
 살다 살다 용가리가 이렇게 반가울 줄이야!
 이왕 이렇게 된 거, 확실한 게 좋은 거니까.

강철은 마지막으로 로그아웃 버튼을 확인했다.

전투 중이면 불도 들어오지 않는 게, 지금은 파란 불이 켜져 있었다.

언제고 종료가 가능한 상태임을 확인해 주는 표시였다.

어쨌거나 안전하다는 소리지?

'으아아!'

강철은 튀어나오려는 함성을 꿀꺽 삼켰다. 그 괴물 같은 놈들 틈에서 1억 5천을 지켜 냈다.

"아리엘?"

소고기 좋아해?

그 말을 꼭 묻고 싶었는데,

"고생했어."

"아뇨, 재미있었어요."

엉뚱하게 평범한 말이 튀어나왔고, 아리엘은 웃으며 그녀다운 답을 건넸다.

케인도 마찬가지였다.

후우!

혼자 번 게 아니라, 도움을 받아 번 돈이다.

소고기로 다 될지 모르겠다만, 아리엘한테는 꼭 뭐라도 해 주고 싶었다.

'내가 그런 마음을 가져 본 적이 있었나?'

뭐, 아무튼.

강철은 스피츠를 바라봤다.

어쨌든 저 용가리한테도 고맙다는 말은 해야겠는데.

"스피츠, 네 도움이 필요하거든. 고맙다는 말은 그거까지 받고 몰아서 하자."

《무엇을 원하는가?》

"훈련 좀 시켜 줘."

《훈련?》

레벨 못 올리면 답 없다. 그렇다고 곡괭이질 계속할 수는 없는 거다.

"이 세계에서 제일 강하다며? 그니까 훈련시켜 달라고."

《내가 직접 말인가?》

"그럼!"

강철의 답을 들은 스피츠가 고개를 갸웃했다. 그러고는 별다른 대꾸를 하지 않았다.

"직접 하기 그러면 다른 놈이라도 있을 거 아냐? 아는 드래곤 없어?"

《아, 적합한 녀석이 있을 거 같군.》

스피츠가 답을 내놓은 다음이었다.

"저도 하고 싶어요."

《문제없다.》

뜻밖에도 아리엘이 손까지 들어가며 나섰고, 엉뚱하게 스피츠가 덜컥 그 요구를 받아들이고 나섰다.

이왕 이렇게 된 거라면?

강철은 아예 이 기회를 이용하는 건 어떤가 하는 생각이 퍼뜩 들었다.

가장 먼저 시선을 준 것은 역시나 목을 빳빳하게 들고 버티는 케인이었다.

"넌 안 하냐?"

"허허! 족보 따지면 드래곤이나 저나 얼추 비슷한데, 그쪽한데 훈련을 받기가 조금……."

"내가 받는데?"

"끄응!"

케인이 불만 가득한 얼굴을 했지만 어쩌겠나, 마계에 있는 이상 마왕의 명령을 들을 수밖에.

하여간 얼추 상황은 정리되었다.

흐음.

이대로 로그아웃하면 되는데, 뭔가 아쉽고 미진해서 강철은 아리엘을 힐끔 바라봤다.

그래, 뭐 나쁜 말도 아니고.

강철은 아리엘의 이마를 보며, 아니 그보다 더 위를 쳐다보며 입을 열었다.

"아리엘, 혹시 소고기 좋아해?"

"저는 비싼 건 잘 안 먹는데요?"

"그래?"

염병할! 오더 내릴 때는 그렇게 잘 나오는 말이, 꼭 다른 얘기 하려고만 하면 뚝 끊겨 버렸다.

강철은 답답한 마음을 감추기 위해 재빨리 로그아웃 버튼을 눌렀다.

푸슉!

캡슐이 열리고 몸을 일으켰을 때, 늘 그랬던 것처럼 송재균이 보였다.

"고생하셨습니다."

그는 강철을 향해 손을 내밀었다.

잡고 일어나란 뜻인 거 같았지만, 손에 땀이 흥건해서 차마 잡기가 미안했다.

강철이 그냥 캡슐 양쪽을 잡고 일어나자 송재균은 미소와 함께 손을 거두었다.

"멋진 판단이었습니다."

"뭘요?"

"그 순간 스피츠를 떠올린 거 말입니다."

"아."

송재균은 오른손에 검은색 가방을 들고 있었다. 강철의 시선이 훽 가방으로 달려갔다.

왜 있잖은가! 영화에서 보면 돈거래 할 때 들고 나오는 그 가방!

"제가 받을 돈인가요?"

"맞습니다."

송재균은 정말이지 덤덤한 얼굴로 가방을 내밀었다.

1억 5천이다.

그런데 막상 받아 든 가방은 생각보다 가벼웠다.

"열어 봐도 되죠?"

"그럼요. 강철 씨 건데요."

강철은 침을 꿀꺽 삼키며 가방을 열었다.

철컥!

잠금장치가 풀리고 가방을 위로 열었을 때, 5만 원짜리 지폐 묶음이 들어 있었다.

"생각보다 많지 않죠? 5만 원권이라 적어 보일 겁니다."

강철은 고개를 끄덕였다.

솔직히 송재균이 뭐라고 말하는지도 모르고, 그냥 고개만 끄덕인 거다.

물속에 있는 것처럼 귀가 윙윙거려서 그의 말이 조금도 들리지 않았다.

그냥 멍했고, 어느 것 하나 실감이 나지 않았으며, 그리고 그 순간에 거짓말처럼 아빠가 떠올랐다.

이 모습을 봤으면 참 좋아했을 텐데.

강철은 아랫입술을 꾹 깨물었다. 그러지 않으면 송재균이 보는 앞에서 돈 받고 우는 찌질이쯤으로 보이지 않을까 싶어서였다.

"에잇! 소고기는 원 없이 먹겠네."

강철의 말에 송재균이 조용히 돌아섰다.

"프로모션 덕분에 밀린 업무가 많아서, 이만 돌아가 봐야 할 거 같습니다."

눈치챘구나. 염병!

끼익- 탁!

문 닫히는 소리가 들리자 강철은 털썩 캡슐에 기대앉았다.

돈 받는 거 몰랐던 것도 아닌데.

이렇게 받을 줄 알았는데.

그래, 딱 오늘까지다.

여기, 이 방 나서는 순간, 두 번 다시 돈 때문에 이런 모습 보일 일 없는 거다.

꿈에 안 나와서 이상하다 싶었는데, 어쩌면 아빠가 이 기회를 만들어 줬는지도 모를 일이다. 로또번호를 못 알아낸 아빠가 악착같이 만들어 준 기회 말이다.

그냥 그렇게 알고 살게요.

내가 알아서 생각할라니까, 꿈에라도 나타나서 제발 한 번쯤 그런 척하면서 웃고 가세요!

이제부터 제대로 살아 볼게요.

떼돈 벌어서 빚 다 갚고, 진짜 멋지게 한 번 살아 볼 테니까, 아빠도 이제 조금은 편하게 지내세요.
 강철은 가방이 아빠라도 되는 양 한동안 꼭 품고 있었다.

제2장

이 새끼, 훈련이 뭔지 모르나?

렙업하는 마왕님

별빛 하나 제대로 보이지도 않는 서울의 밤이었다.

별이야 있건 말건 강철의 눈엔 저 멀리 보이는 하늘이 다 별 밭 같았다.

가만 고개를 들면 행복이 몰려들 것만 같은 밤!

강철은 가방을 품에 꼭 안고 걸었다.

그는 늘 하던 방식대로 넥씨에서 나와 지하철을 탔고, 20분쯤 걸어 집으로 향하는 중이었다.

퇴근길이라 택시보다 지하철이 빠르기도 했고, 괜히 차 탔다가 사고라도 나면 번 돈 써 보지도 못하고 뒈지는 거 아닌가, 덜컥 겁부터 난 거였다.

'별 걱정을 다 한다.'

근데 돈이 생기니까 거짓말처럼 그런 것부터 걱정이 됐다.

아, 혹시나 빚쟁이가 집 앞을 지키고 있으면 어떻게 하지?

갚긴 할 건데, 번 돈을 죄다 빚 갚는 데 쓸 순 없는 노릇 아닌가. 그런다고 다 갚아질 빚도 아닌 거고.

이런저런 생각을 하는 동안 골목골목을 돌아 집에 도착했다.

'별로 해 주는 것도 없는 집인데, 희한하게 정이 간단 말이야?'

다행히도 빚쟁이는 보이지 않았다.

현관문에 독촉하는 쪽지가 붙어 있는 것도 아니어서, 강철은 기분 좋은 마음으로 들어갈 수 있었다.

철컥!

강철은 오자마자 가방부터 열어 보았다.

이왕 열어 본 김에 얼마쯤 되나 세어 보았는데, 정확히 1억 8천만 원이 들어 있었다.

뭐지? 왜 더 많지? 잘못 셌나? 그럴 리가 없는데.

강철은 일단 휴대폰을 꺼내 들었다. 송재균에게 연락해 보려는 거였는데 벌써 문자가 와 있었다.

「프로모션 비용에, 첫 달 소득까지 같이 정산해 드렸습니다. 착오 없으시길 바랍니다. 송재균.」

캬! 이 양반 일 처리 훌륭한데?

어차피 받을 돈 미리 받은 것뿐이지만 괜히 기분이 좋았다.

"흐흐흐!"

가만히 있어도 웃음이 나온다는 말이 이런 기분이었구나?

그래, 늘 오늘만 같아라.

가만있어 봐라. 이 돈을 이제 어떻게 써야 되냐?

배고픈데 배달 음식부터 시켜 먹을까?

컴퓨터도 좀 바꾸고, 휴대폰도 신형으로 일단 알아보고?

"흐흐흐!"

돈 없을 땐 사고 싶은 게 정말 많았는데, 막상 돈이 생기니까 당장 급한 건 아닌가? 싶은 생각도 들었다.

"그래, 급할 거 뭐 있냐? 천천히 하자."

돈 벌 구멍 막힌 것도 아니고, 앞으로도 계속 벌 테니까.

강철은 누워서 휴대폰을 꺼내 들었다.

어쨌거나 프로모션을 끝낸 직후니까 반응이 있을 터였다. 돈값을 했는지 궁금했던 강철은 일단 커뮤니티 반응부터 살피자고 마음먹었다.

인벤토리.

모든 게임을 총망라하다시피 한 사이트였는데, 이곳 반응이 일반 유저들의 여론이나 다름없는 곳이었다.

여긴 게임 랭킹 순으로 커뮤니티 게시판 순서를 정해 두었는데, 역시나 어둠의 나라가 최상단에 위치해 있었다.

카이얀 시절엔 게시판 하나 찾겠다고 스크롤 열나게 내

렸어야 했는데…….

"감회가 새롭구만."

강철이 어둠의 나라 아이콘을 클릭한 직후였다.

두둥!

스피커가 묵직한 사운드를 담아냈다. 그러고는 동영상 하나가 자동으로 재생되었다.

보통 이럴 때는 우측 하단부에 있는 '닫기' 표시를 누르지만, 평소와 달리 멀뚱히 화면만 바라봤다.

"이거 나잖아?"

과연 모니터 화면엔 사이드를 들고 적들을 썰어 대는 강철의 모습이 재생되는 중이었다.

영상은 강철이 리온의 일격을 막은 뒤, 자취를 감추는 모습까지를 그려 냈다.

특별히 게시판을 확인할 것도 없이, 동영상만 클릭하면 이 영상에 관한 유저들의 반응을 볼 수 있었다.

지금까지 달린 댓글만 백만이 넘었으니, 중복으로 단 사람이 있단 걸 감안하더라도 어마어마한 수치인 건 분명했다.

댓글 백만 개를 일일이 확인할 수도 없는 노릇이고.

이럴 땐 가장 추천을 많이 받은 거 몇 개만 확인하면 대충 사이즈 나온다.

〈리온 노답충. 마왕보다 유저 더 많이 죽임 ㅉㅉ (9212)〉
〈아리엘 잡으면 뭐 주는 거 미리 알고 인면수심 새끼가 전에 쳐들어갔던 듯. 예지력 오지네. 그 새낔ㅋㅋㅋ (11230)〉
〈마왕 포스 오진다. 저거 업데이트되면 볼 만하것다. ㅋㅋㅋㅋㅋㅋ 마왕 템 낀 거 보니까 갑자기 겜하기 존나 시러짐. ㅋㅋㅋㅋ (15829)〉
〈마왕님, 날 가져요. 하앍하앍! 마왕이랑 계약 존니 하고 싶다. (21032)〉
〈프로모션 한 번 더 하겠습니다. (82123)〉

마지막 댓글은 유저들의 압도적인 지지를 받고 있었다.
강철이 보기엔 그냥 흔한 진지충일 뿐인데, 왜 저렇게들 좋아하지? 싶어 대댓글을 살펴보니,

〈김택수 의장 아이디 맞음. ㅋㅋㅋㅋㅋㅋㅋㅋㅋㅋㅋㅋㅋㅋㅋㅋㅋㅋㅋㅋㅋㅋㅋㅋㅋㅋㅋㅋ〉
〈사장 등판.〉
〈의장이 와서 인증함. ㅋㅋㅋㅋㅋㅋ 미친 듯 ㅋㅋ〉

저 댓글을 넥씨 대표가 와서 달았다는 여론이 대다수였다.
"이걸 또 한다고?"
백 번 하든, 천 번 하든 강철이 손해 볼 건 없긴 하다만.

정말 또 할 예정이라면 언질이라도 있었을 텐데?

뭐, 상황은 잘 모르겠다만 이왕이면 또 해라. 돈이나 벌게.

강철은 그 뒤로도 멍하니 휴대폰을 뒤적였다.

참 내, 인벤토리 사이트 메인에 다 걸리고, 어쨌거나 정말 유명해지긴 했나 보구나.

꼬르륵!

뭐라도 시켜 먹긴 해야 되는데…….

거기까지 생각한 강철은 까무룩 잠이 들었다.

⌒

탕탕탕!

문 두드리는 소리에 송지윤은 얼른 현관으로 향했다. 문에 난 작은 구멍으로 밖을 내다보니, 파마머리를 한 아주머니가 보였다.

그러고 보니 월세를 못 보냈다.

그녀는 없는 척을 해도 되건만, 굳이 문고리를 잡았다.

"아주머니, 문이 잘 안 열리거든요? 잠깐만 비켜 주세요. 확 열어야 돼서요."

그녀는 문고리를 돌린 뒤, 체중을 실어 어깨로 힘껏 밀었다. 그러자 기분 나쁜 쇳소리와 함께 문이 열렸다.

돈 받으러 온 아주머니는 그 모습을 보자 살짝 민망했는지 한 걸음 뒤로 물러났다.

"아니, 문이 안 열리는 건 안 열리는 거고, 월세는 줘야 되잖아?"

"드려야죠."

"언제 줄 수 있는데?"

원래 이럴 때 템 하나쯤 처분하면 월세 정도는 낼 수 있었다. 그러려고 시작한 게임은 아니지만, 랭킹이 높아지면서 원하면 부수입을 올릴 수 있게 된 거였다.

"당장은 조금 힘들 거 같은데, 어쩌죠?"

"힘들다고?"

"예."

있던 템을 다 강화한다고 날려 버렸으니, 당장 팔 게 마땅치 않았다.

며칠 후에 드리겠다고 둘러대도 되지만, 그랬다가 그때 가서도 못 주게 되면 차마 할 말이 없게 된다.

"아주머니, 두 달 치는 안 밀리게 해 볼게요. 당장 달라고 하시는 거면 죄송한데, 저도 방법이 없어요."

"학생은 밀린 적 없더만, 뭔 일 있어?"

"죄송해요."

"101호 사는 총각이야 허구한 날 밀리니까 그렇다 치더라도, 학생은……."

"꼭 마련해 볼게요."

"으이구!"

주인집 아줌마는 휙 돌아서서는 계단으로 내려갔다. 101호 총각 얘기를 하더니, 아마 거기로 가는 모양이다.

"죄송해요, 아주머니."

그녀의 목소리가 아줌마를 배웅하듯 따라 나갔다.

"101호 때문에 내가 단련이 돼서 봐주는 거야."

아줌마는 뒤도 안 돌아보고 얼른 계단을 내려갔다.

텅 빈 복도를 한동안 보고 있던 그녀는 저도 모르게 한숨을 내쉬었다.

그러고 보니 통장 잔고도 바닥인데.

그녀는 답답한 마음에 신발을 구겨 신고 밖으로 나왔다. 이럴 땐 하늘이라도 좀 봐야 마음이 풀릴 거 같아서였다.

잘 안 열리는 옥상 문을 억지로 열고 안으로 들어간 직후였다.

"어떻게 밤하늘에 별 하나 없냐?"

송지윤은 눈을 크게 떠 보았다. 그런다고 없던 별이 생기는 것도 아닌데 말이다.

"하아."

돈 나올 데도 없는데, 시간을 더 달라는 말도 그런 거 아닐까. 별 없다고 눈 부릅뜨는 것만큼이나 부질없는 뭐, 그런.

"히히."

답답할 때 운다고 답 나오는 거 아니니까. 그래서 송지윤은 이럴 때 꼭 웃었다.

"정 안 되면 알바라도 하면 어떻게든 될 거야. 힘내라, 송지윤! 아자아자!"

그녀가 두 주먹을 불끈 쥐며 각오를 다질 때였다.

"응?"

바람에 흔들리는 빨래가 눈에 들어왔다.

빨래집게를 꼭꼭 두 개씩 집어 놓은 게 송지윤의 솜씨가 분명했다.

"이거 아직도 안 찾아갔네?"

바닥에 나뒹굴기에 탁탁 털어 빨래집게로 고정시켜 뒀던 건데, 며칠이 지났건만 아직도 안 찾아간 모양이다.

"빨래 널어 둔 거 까먹었나?"

그녀는 조용히 혼잣말을 중얼거렸다.

⁂

쿵쿵쿵! 쿵쿵쿵!

문 두드리는 소리에 일어난 강철은 잠시간 멍한 얼굴이 되었다. 손엔 휴대폰이 꼭 쥐어져 있었다.

아, 잠들었구나.

쿵쿵쿵!

"이 밤중에 누구야?"

기분이 확 나빠졌지만, 혹시나 빚쟁이가 아닐까 싶어 움찔대던 그때였다.

"101호 총각!"

아, 저렇게 부르는 사람은 주인아줌마밖에 없다.

강철은 잘됐다 싶어 일단 후다닥 문을 열었다.

과연 뽀글 머리 파마를 한 아줌마가 미간을 잔뜩 좁힌 채로 강철을 노려보고 있었다.

"집에 안 들어와?"

"일이 바빠서요."

"총각, 일해?"

"그럼요. 사지 멀쩡한데 놀아요?"

"그 전에는 어디 불편해서 집에 있었어?"

아줌마랑 농담 따먹기 할 필요는 없는 거다.

"얼마예요?"

"몇 달 밀렸는지 알기나 해?"

"그러니까, 다 해서 얼만데요?"

"또 똥 폼 잡고, 다음에 드린다고 할려고?"

강철은 조용히 아줌마를 바라봤다. 그러고는 점잖게 물었다.

"얼마죠?"

분위기가 좀 달라진 걸 느낀 탓일까?

"다섯 달 밀렸으니까, 백오십."

"잠시만요."

강철은 안으로 들어가서 철컥! 가방 문을 열었다.

그러고는 하나, 둘, 셋, 넷… 스물아홉, 삼십.

정확히 150만 원을 꺼내서 아줌마에게 건넸다.

"됐죠?"

그리고 이제 문을 닫으려는데, 아줌마가 문틈으로 팔목을 콱 집어넣었다.

하마터면 문 닫는다고 아줌마 손을 쾅! 찧을 뻔했다.

"왜요?"

"총각, 로또 맞았어?"

아! 문 닫고 꺼낼 걸 그랬다.

괜히 돈 받은 거 티 낼 필요 없는 건데.

"쉿!"

"진짜야?"

"쉿!"

"왜? 왜 그러는데, 총각?"

신기한 건, 그 짧은 순간에 아줌마의 억양이 달라졌다는 거다.

가방에 든 돈을 보고 난 다음엔 말투가 유순해졌다고 해야 하나.

뭐, 어쨌거나 기분 나쁜 변화는 아니니까.

"아줌마, 저 씻어야 돼서."

"그래, 총각. 들어가. 어여 들어가."

쾅!

강철은 문을 닫고는 화장실 옆에 있는 서랍장을 열어 보았다. 속옷을 넣어 두는 곳이었는데, 텅 비어 있었다.

젠장! 빨래를 널어만 두고 걷어 두질 않은 모양이었다.

하기야, 요즘 마왕 일 한다고 바빴으니 빨래 걷을 시간이 어디 있었겠나.

옥상에 올라가야 되나? 귀찮은데 그냥 잘까?

가만히 서서 멍한 얼굴로 고민하고 있을 때였다.

지이이잉!

진동 소리에 휴대폰을 꺼냈더니, 액정에 커다랗게 송재균이란 글씨가 떠 있었다.

"여보세요?"

(강철 씨, 늦은 밤에 죄송합니다.)

"무슨 일이시죠?"

(프로모션 관련된 일 때문에 연락드렸습니다.)

내일 볼 텐데 굳이 전화까지 한 거면 급한 모양이다.

과연 목소리에도 다급함이 묻어났다.

(먼저 강철 씨의 의사를 여쭙고 진행을 하는 게 맞습니다만, 내부 논의 과정을 거치다 보니…….)

"그래서요?"

결론만 빨리 말하라는 뜻이었다.

(2차 프로모션을 진행하고 싶습니다만, 강철 씨의 의사는 어떠신지…….)

"이번이랑 같은 방식인가요?"

(미세한 차이는 있을 겁니다.)

"어떻게요?"

(전과 달리 마계에 있는 인원들이 더 넘어갈 겁니다. 그들을 잡으면 유저들이 보상을 받을 수 있게 할 거고요.)

이번 프로모션을 통해 1억 5천을 벌었다. 또 한다면 두 손 들고 반길 일이다.

하지만 여기서 짚고 넘어가야 할 게 있었다.

"저는 프로모션을 통해 돈을 받잖아요? 그렇죠?"

(예.)

"근데 저의 편에서 싸워 준 사람들은 무슨 보상을 받죠?"

(흐음…….)

"NPC들은 그렇다 치더라도, 아리엘은 유저가 맞잖아요. 심지어 이번엔 아리엘을 잡으면 유저들이 보상까지 받는 거죠? 그렇죠?"

(예, 그렇습니다.)

"그럼 아리엘에게도 버텨 내면 그에 따른 합당한 보상이 있어야 되는 거 아닐까요?"

물론 아리엘은 보상이 없더라도 제 일처럼 나서서 싸워 주긴 할 거다. 하지만 그건 아리엘의 선의지, 마왕이 누려도 될 권리 따위가 아니다.

강철은 그 점을 분명히 하고 싶었다.

"프로모션을 한 번 더 하자는 건, 그만큼 제가 돈을 벌게 해 드렸다고 생각해도 되는 거죠?"

(물론입니다.)

"그럼 당당하게 부탁을 드릴게요."

(말씀하십쇼.)

"아리엘에게도 보상을 주세요. 되도록 NPC들에게도요."

(어느 정도까지 드리겠다고 당장 확답을 드리긴 어렵습니다. 논의가 필요한 부분이라서요.)

그 정도는 이해한다.

(하지만 긍정적인 방향으로 논의를 진행시키겠습니다. 그 부분은 제가 책임지도록 하겠습니다.)

이렇게까지 말하는 거면 믿고 기다려도 될 거다.

"좋습니다."

(아, 또 강철 씨에게 상의드릴 게 있습니다.)

"뭐죠?"

(오늘 프로모션 데이터를 체크해 보니, 네임드 유저들이 다수 덤빌 시엔 답이 안 나오는 상황입니다.)

송재균은 혹시나 자존심이 상하진 않았을까 걱정하는 눈치였다. 말투에서 그런 조바심이 묻어나는 듯했다.

(그래서 드리는 말씀입니다만, 강철 씨에게 조금 더 버프

를 드리는 게 어떻겠냐는 논의가 있었습니다.)

"버프요?"

(일단 마왕이 이계에 진입했을 때 받는 제약을 프로모션 기간 중에는 삭제하도록 하겠습니다.)

그래, 그건 좋다.

(또 더욱 업그레이드된 아이템을 착용할 수 있도록 해 드리겠습니다.)

"16강 템을 빌려주겠다, 뭐 그런 건가요?"

(예.)

강철은 잠시 고개를 모로 틀었다가 말을 받았다.

"그냥 그러지 말고, 제가 레벨 제한 때문에 못 끼는 템이 있거든요. 그걸 끼게 해 주세요. 이왕이면요."

(어떤 장비를 말씀하시는 건가요?)

"스피츠의 보주라고, 레전드리 템."

지금까지 탁구 랠리하듯 주고받던 말이 거기서 뚝 끊겨 버렸다.

그리고 잠시 뒤,

(마왕이 스피츠의 보주를 든다라……)

수화기 너머로 고민하듯 뱉어 낸 혼잣말이 들려왔다.

강철은 담담히 그의 답변을 기다려 줬다.

(좋습니다. 그림은 나쁘지 않을 거 같습니다. 그렇게 하시죠.)

"강화해서 주시는 거죠?"

(예?)

"마왕이 쪽팔리게 강화도 없이 들고 나가요?"

(아, 그게…….)

"최소한 2강이라도."

(그건 내일 출근하실 때 확실하게 말씀드리겠습니다.)

그렇게 통화를 마쳤고, 강철은 액정이 꺼진 걸 확인한 뒤에 만세를 외칠 때처럼 손을 번쩍 들었다.

이계 디버프 없애고! 레전드리 템 들고!

그럼 너희들이 마왕한테 뒈져야지, 별수 있겠냐?

"호호호!"

이제 인생 좀 풀리려나 보다.

"에라이! 씻긴 뭘 씻냐! 빨랑 자자!"

강철은 벌러덩 바닥에 누워 버렸다.

만나고 싶은 내일아, 어서 오렴!

강철은 얼른 눈을 감았다.

⁂

복도는 반짝반짝했다.

왁스를 먹여 광을 냈는지 발을 디딜 때마다 뽀도독 소리가 귓가에 맴도는 기분마저 들었다.

강철은 007 가방을 쥐고 있었다.

며칠간 집을 비울 텐데, 2억 가까운 현찰을 그냥 둘 순 없어서였다.

'계좌가 없으니까 여러모로 불편하구만.'

복도엔 일렬로 포스터가 쫘악 붙어 있었다.

마왕이 사이드를 휘두르는 모습을 커트별로 끊어서 늘어놓은 거였는데, 슬쩍 봐도 꽤나 공을 들였다는 게 느껴질 정도였다.

'무슨 아이돌 콘서트 하는 것도 아니고.'

복도를 걷는 강철은 뭔가 민망했다. 게임 캐릭터일 뿐이건만 괜히 얼굴을 들 수가 없었다.

강철은 난감한 얼굴에 가방을 꼭 쥔 채로 걸음을 재촉했다.

마왕의 방은 직원들의 사무 공간으로 들어가서 1분쯤 더 걸어야 했다.

철컥!

평소와 같이 문을 열었을 뿐이었다.

"마왕이다!"

느닷없는 소리가 훅 달려들어 뺨을 세차게 얻어맞은 기분이었다.

책상에 설치된 파티션 너머로 장난기 어린 목소리가 이어졌다.

"덕분에 상여금 받게 생겼습니다!"
"쉬엄쉬엄하세요!"
"아니, 더 열심히 해 주세요! 저희도 부자 좀 되게."

여기저기에서 이상한 말을 쏟아 놓는 통에 강철은 정신이 없었다.

이게 무슨 일이야? 갑자기 왜들 이래?

강철은 고개를 숙인 채로 바삐 걸음을 옮겨 마왕의 방으로 쏘옥 들어갔다.

기분이 이상해 문까지 걸어 잠근 뒤였다.

"오셨네요?"

송재균의 목소리였다.

과연 그는 여느 때처럼 캡슐 앞에 서 있었다.

"후우!"

왜 그랬는지는 모르겠다. 그냥 송재균의 얼굴을 보니까 한숨이 턱 터져 나왔다.

이계에서 도망친 뒤, 스피츠의 얼굴을 봤을 때 이런 느낌이었는데.

강철의 표정을 본 송재균은 그럴 줄 알았다는 듯 고개를 끄덕였다.

"직원들도 이번 프로모션에 열심이었습니다. 당연히 보너스가 지급된다는 발표가 있었고, 그래서 직원들이 작게나마 강철 씨에게 감사의 표시를 한 모양입니다."

다 같이 노력한 걸, 굳이 마왕한테만 따로 인사할 필요가 뭐 있다고.

마음은 참 고마운데, 방법이 좀 낯설어서 후다닥 뛰어 들어와 버렸다.

"당사자가 엄청 좋아했다고 대신 말씀 좀 전해 주세요."

"전혀 안 그런 표정이신데요?"

"아뇨, 표정은 이래도 엄청 좋아하는 중이에요."

살면서 이런 환대를 받아 본 일이 없으니 좋은 것보다야 놀란 게 먼저였고, 신기한 게 그다음이었다.

그냥 누군가에게 칭찬을 받는다는 사실 자체가 어색한 경험이라, 강철은 고맙단 말도 제대로 못하고 재빨리 들어온 거였다.

강철의 반응이 재밌었을까? 송재균이 그답지 않게 활짝 웃어 보였다.

괜히 민망해진 강철은 캡슐로 걸음을 옮겼다.

"지금 들어가시면 또 며칠 뒤에나 볼 수 있겠죠?"

농담을 반쯤 섞어 던진 질문이었지만, 강철은 당연히 그럴 거라는 듯 고개를 끄덕였다.

"그럼 역시나 지금 말씀드리는 게 맞을 거 같군요."

강철은 이미 캡슐에 걸터앉은 상황이었다.

내 집인 양 편안한 표정의 강철을 보자, 송재균은 피식 웃음이 새어 나왔다.

"3일 뒤에 2차 프로모션이 진행될 예정입니다. 프로모션이 종료된 12시간 뒤에 마왕성 업데이트가 실시될 거고요."

"그렇군요."

"아리엘 유저에게는 저희가 따로 연락을 드리겠습니다."

단지 아리엘이란 이름이 나왔을 뿐인데 강철은 귀가 열리는 느낌이었다.

"성과급이나 일일 급여, 아이템 지급 등 다양한 보상을 준비해 뒀습니다. 의견을 여쭙고, 원하시는 방안으로 지급해 드릴 생각입니다."

"얼마나 받을 수 있는데요?"

아리엘의 노력에 정당한 대가가 책정됐는지 그게 궁금했을 뿐, 별다른 의미는 없었다.

"아무래도 아리엘 양과 대화를 통해 조율해 나갈……."

"그러니까 그게 얼마냐고요?"

아리엘은 이 상황에 대해 아무것도 모르고 있다.

막말로 넥씨에서 후려쳐도 아리엘이 그걸 알 방법이 뭐가 있겠는가.

아무도 이런 계약을 하지 않으니, 참고할 데도 없을 텐데.

"지금 이 자리에서 아리엘의 조건을 확정 지어 주시는 게 서로 좋을 거 같은데요?"

"예?"

"그 이야기 꺼낸 것도 전데, 저랑 조율해도 무리 없으시잖아요."

송재균이 살짝 난감한 표정을 지었다.

어차피 송재균 돈도 아니다. 많이 줘야 한다고 곤란한 표정을 보이는 건 아무래도 이유가 있는 걸 거다.

송재균은 머뭇거리는 듯하다 입을 열었다.

"혹시 처음 했던 계약 조건 기억나십니까?"

아, 명당 5만 원?

강철은 저도 모르게 피식 웃음이 터져 나왔다.

"그냥 하지 맙시다."

성과급이 저 정도면 기본급이고 아이템이고, 다 지랄 맞을 게 분명했다.

"강철 씨에 대한 대우는 변함없이……."

"제 대우야 당연히 변함이 없는 거고, 지금은 아리엘 얘기하는 거잖아요?"

"아, 예."

"1차가 성공해서 2차 프로모션도 하는 거 맞죠?"

"맞습니다."

"그때 아리엘의 공헌이 없었던 것도 아니고, 앞장서서 활약한 걸 다 봐 놓고도 그 정도밖에 대우를 못해 준다는 게 말이 돼요?"

송재균은 고개를 숙였다.

아무래도 그의 의견은 아닐 거다.

이 새끼, 훈련이 뭔지 모르나? • 61

염병할! 저 양반 뜻이 아니라면, 애먼 데 대고 화풀이할 필요 없는 거 아닌가.

"최종 결정권자가 누구예요?"

"예?"

"통화 좀 시켜 주세요."

"아, 의장님 결정 사항은 아닙니다."

"그럼 더더욱 그분이랑 통화해야겠네요. 그분 뜻이 아니시니까, 결정 내리기도 쉬울 거 아녜요?"

송재균은 난감한 얼굴이었다.

천용진 부사장 쪽에서 송재균을 압박하기 위해 아리엘의 비용을 후려치라고 손을 써 둔 게 분명했다.

"전화 통화 안 돼요?"

강철의 닦달에 송재균은 자신의 책상으로 돌아가 내선 전화기를 집어 들었다.

그러고는,

"송재균입니다. 강철 씨가 이번 프로모션 때문에 잠시 통화를 원하는데요. 통화 가능하시겠습니까?"

수화기에 대고 말을 마친 그는 강철을 향해 고개를 끄덕였다. 그리고 강철에게 수화기를 내밀었다.

강철은 어깨 쫙 펴고 다가가서 전화기를 집어 들었다.

"강철입니다."

(김택수입니다.)

"거두절미하고 용건만 말하겠습니다. 아리엘에 대한 대우가 너무 박합니다. 이래서 일할 맛이 나겠습니까?"

김택수는 잠시간 말이 없었다.

(죄송합니다만, 제가 전달받은 사항이 없어서 그렇습니다만, 어느 정도의 대우를 원하시는 겁니까?)

그런 건 생각해 본 적 없었다. 그냥 조건이 마음에 안 들어 다짜고짜 전화를 걸었던 거니까.

그래서 강철은 떠오르는 대로 그냥 막 내질러 버렸다.

"성과급은 제가 확보한 액수의 절반을 보장해 주시고, 거기서부터 명당 20만 원씩 붙는 걸로 해 주세요."

(그리고요?)

"기본급은 5천만 원. 그냥 월급처럼 주시고요."

(또 있나요?)

"아이템 같은 건 필요 없으니까 빼도 됩니다."

(그 정도면 되는 겁니까? 더 필요한 건 없으시고요?)

뭐지? 이 예상치 못한 반응은?

강철은 여기서 뭔 말이라도 더 뱉지 않으면 바보가 되는 거 같아서 아무 얘기나 또 떠들어 댔다.

"앞으로 승승장구하면 제 팀 하나쯤 꾸려 주시죠?"

(팀이요?)

"저 혼자서 그 많은 유저를 다 감당할 순 없으니까요. 의장님도 개발팀, 홍보팀, 인사팀, 하다못해 비서까지 다 두시잖아요? 저도 마왕인데 기본적인 팀은 꾸려야죠."

(그렇네요.)

이 쿨함은 뭘까?

(강철 씨 계약 조건을 올려 달라는 의견은 없으시네요?)

"그건 너무 당연한 말이라 생략한 건데요?"

(더 없습니까?)

"음……."

젠장! 미리 생각하고 전화할걸!

(강철 씨, 부탁 다 하셨으면 이제 제 부탁 하나만 드려도 될까요?)

"하세요."

(2차 프로모션 끝나고 업데이트 전에 시간 좀 비워 주시죠.)

"왜요?"

(식사나 한 번 함께하시면 어떨까 해서요.)

"그게 부탁이에요?"

(예.)

부탁할 것도 많다!

"그러죠, 뭐."

(감사합니다. 그럼 이만 송재균 팀장님을 좀 바꿔 주실 수 있으신가요?)

강철은 미련 없이 송재균에게 수화기를 넘겨주었다.

그는 기껏 전화를 받아서는 '예, 예, 예.'만 반복하다가 전화를 끊었다.

그러고는,

"강철 씨가 말씀하신 조건 그대로 아리엘 양과의 계약을 진행하시겠답니다."

송재균은 자기도 기쁘다는 듯 환한 얼굴로 말을 이었다.

"팀을 꾸리는 것과, 강철 씨 계약 조건의 인상 폭 같은 건 이번 2차 프로모션의 성과를 두고 논의해 보자고 하셨습니다."

거, 사람 괜찮네. 대화가 통하는 양반이야.

어쨌거나 원하는바 그 이상을 얻은 거 같은데?

강철은 간만에 제대로 일한 거 같아 뿌듯한 표정을 지어 보였다.

⌒

"마왕님, 오셨습니까?"

가장 먼저 마주한 건 케인이었다.

놈은 전투가 끝났는데도 여전히 15강 장비들을 끼고 있었다. 간만에 전투로 인한 흥분이 가시지 않은 모양이었다.

강철은 주위를 둘러봤다.

높다란 기둥과 두 개의 등불, 그리고 그 옆으로 고개를 숙이고 있는 스피츠까지.

마왕성으로 갈 줄 알았더니, 로그아웃했던 장소 그대로 시작하는 모양이었다.

"쟨 자는 거야?"

"드래곤은 어지간하면 계속 잡니다. 원래 깨어 있는 법이 거의 없지요."

3일만 지나면 또 프로모션 한다고 난리도 아닐 거다. 이제부터 철야 돌입해도 모자랄 판인데 자빠져 잔다고?

"마왕님!"

아리엘의 목소리에 강철의 고개가 자동으로 돌아갔다.

과연 그녀는 특유의 밝은 미소로 강철을 맞이해 주었다.

송재균의 연락을 받았을까?

표정을 보니, 못 받은 거 같기도 하고.

어쨌거나 그녀가 먼저 이야기를 꺼내기 전까지는 굳이 입방정 떨 필요는 없는 거니까.

"공지 사항 보셨어요? 마왕님이 이계에 또 나간다고 돼 있던데요?"

"응. 그렇게 됐어."

강철의 말이 떨어지기가 무섭게,

"얼른 훈련해요!"

정말이지 들뜬 얼굴로 그녀가 답했다.

그렇지! 이래야 아리엘이지.

말 나온 김에 한마디 덧붙이는 것도 나쁘지 않을 거 같다는 생각에 강철이 입을 열었다.

"이번 전투 때 다 좋았거든? 근데 역시나 흡혈이 많이 미숙해."

아리엘은 실망하는 대신 눈을 빛냈다. 배움을 갈망하는 사람의 눈빛이었다.

"이번처럼 일반적인 수준의 유저들한테야 미숙해도 어찌어찌 해낼 수 있지만, 그때 누구였지? 도적 랭커?"

"솔라요."

"그래. 솔라와 일대일로 싸울 때도 흡혈을 할 수 있을 만큼 훈련을 해 둬야 돼."

물론 그녀도 그 정도는 인식하고 있을 거다.

문제는 그 방법이다.

"아리엘의 민첩이 템빨 받아서 300대야. 도적 랭커는 2천대 후반이고. 속도로 따라잡겠다면 절대 불가능한 일이야."

"방법이 있을까요?"

"만들어야지."

딱 한마디 뱉었을 뿐인데 그녀를 둘러싼 공기 자체가 바뀌어 버린 느낌이었다.

강철의 방식을 어떻게든 자기 것으로 만들겠다는 의지가 주변 온도마저 달궈 놓은 기분이랄까.

"나라면 이번 훈련을 통해 여러 패턴을 만들 거야."

"패턴이요?"

"아리엘은 모든 스탯을 체력에 올인했어. 그 말인즉, 랭커라면 아리엘보다 민첩이 떨어지는 사람은 없단 뜻이 돼."

그녀가 동의한다는 듯 고개를 끄덕였다.

"그럼 덫을 파 놓고 유인을 해야지. 그 패턴을 7개쯤 자유자재로 다룰 수 있으면 문제없을 거야."

인면수심이 발록에게 공격 명령을 내린 다음 저주를 걸었던 것도 일종의 패턴이다.

아리엘에게 부탁한 건 이런 눈에 보이는 빤한 것 말고, 좀 더 독창적인 것이었다.

"혼자 하는 게 힘들면 나도 좋고 케인도 좋고, 파티 플레이를 염두에 둔 패턴을 짜는 것도 나쁘지 않아. 솔라와 그 누구지?"

"루난이요."

"그래. 그 둘이 했던 것처럼."

이렇게 막연히 얘기하면 그거 생각하느라 하루 다 날린다.

시간이 없으니까 가이드라인 정도는 얘기해 줘도 나쁘지 않을 거다.

"내가 전에 찍으라고 했던 스킬들 있지? 그게 HP 계수가 달려 있어서 찍으라고 했던 것만은 아냐."

순간 아리엘과 케인이 존경에 찬 눈빛으로 강철을 바라

봤다.

"그 스킬들이 이러한 패턴을 짜는 데 서로 캐미가 맞았기 때문에, 자신 있게 그걸 추천해 준 거라고."

"미리 그것까지 계산하셨다고요?"

민첩을 포기하고 체력에 몰빵하라고 했을 때, 당연히 그런 계산쯤은 마친 뒤였다.

몇몇 스킬로 만들 수 있는 패턴이 10개 이상 그려졌으니까 자신 있게 말한 거였고.

"내가 짜 줘? 원하면 일곱 개쯤, 아니 그 이상도 만들어 줄 수 있어. 근데 그럼 아리엘 실력이 늘지는 않을 거야."

아리엘이 무슨 대답을 할 거라는 것쯤 이미 알고 있었다.

과연 그녀는 다부진 얼굴로 고개를 저었다.

"직접 해 볼게요. 할 수 있어요."

"내가 말해 주면 편할 텐데?"

"전 지름길 안 좋아해요."

하기야, 지름길 좋아할 거 같았으면 길드랑 그렇게 싸웠겠냐?

강철이 이해했다는 얼굴로 고개를 끄덕일 때였다.

"마왕님, 저는 어떤 훈련을 하면 되겠습니까?"

이번엔 또 케인이 눈을 빛내며 나섰다.

"또 나가려고?"

"아리엘 양을 위해서라도 제가 나서야 하지 않겠습니까?"

눈치 빠른 놈.

뭔 말을 해야 강철이 꼼짝없이 당할지 꿰고 있는 거다.

"그게 다 마왕님에 대한 충성에서 비롯된 거 아니겠습니까?"

차라리 넌 입으로 싸워라, 인마!

'이젠 NPC 훈련 계획까지 짜 주게 생겼네?'

강철이 고개를 갸웃한 다음이었다.

《다 왔나 보군.》

스피츠가 감은 눈을 뜨며 한 말이었다.

녀석은 곧 엎드린 자세에서 고개를 들어 올렸는데, 놈의 움직임을 따라 드래곤 레어가 묘하게 흔들렸다. 마치 레어 또한 잠에서 깨어났다는 듯이 말이다.

"부탁한 건 어떻게 됐어?"

강철의 물음에 스피츠는 고개를 끄덕였다.

"바로 시작하고 싶은데?"

아리엘도, 케인도 동의한다는 듯 눈빛을 빛냈다.

스피츠는 셋을 번갈아 살피곤 입을 열었다.

《후회하지 않을 자신이 있나?》

용가리랑 훈련하는데, 후회고 자시고 할 게 뭐 있어?

"물론이다."

강철의 말이 떨어지자마자 스피츠가 들어 올린 손을 움켜쥐었고, 그 즉시 눈앞에 펼쳐진 광경이 바뀌어 버렸다.

갑자기 뭐야, 이건 또?

휘이잉!

바람이 세차게 불었고, 숨을 쉴 때마다 콧속으로 모래가 들어왔다.

거대한 돌들이 아무렇게나 서 있고, 그 뒤로 거대한 돌산이 하나 보였다.

반대론 끝없이 펼쳐진 광야가 다였다.

'여기가 어디야?'

광야 너머로 노을이 지고 있었다.

촤악! 촤악!

바로 그곳, 붉은 석양을 뚫고 무리 지어 날아오는 놈들이 보였다.

바로 그때였다.

「드래곤 무리가 날아오고 있을 것이다. 놈들을 상대로 살아남는 게 훈련이다.」

스피츠의 귓말이 날아들었다.

"뭐?"

드래곤 무리? 살아남으라고?

촤악! 촤악!

과연 드래곤 떼가 이곳을 향해 무서운 속도로 날아들고 있었다.

설마?

강철이 시선을 돌렸을 때였다.

「저 아이들에게 이 파티원들을 모조리 죽이라고 명령해 놨지. 이 정도면 훈련이 되겠지?」

드래곤 떼가 벌써 눈앞에 있었다.

'이 새끼, 훈련이 뭔지 모르나?'

염병할! 다시는 용가리한테 훈련해 달라고 부탁하나 봐라!

강철은 이를 부득 갈며, 사이드를 그러쥐었다.

제3장

원하는 걸 말해

렙업하는 마왕님

촤아악! 촤아악!
드래곤은 정확히 6마리였다.
한 놈을 상대하는 것도 끔찍해서 레이드 보스몹으로나 겨우 등장하는 게 드래곤이다.
그런데 그런 놈들이 무려 6마리나 몰려드는 상황이었다.
그나마 작은 위안이라도 있다면, 정산 다 받아서 죽어도 날릴 돈은 없다는 거였다.
염병할! 별게 다 위로가 된다.
죽으면 하루 접속 불가 페널티다.
지금처럼 시간이 귀할 때 하루를 날리면?
'훈련한답시고 별 지랄을 다 하는구나.'

강철은 깊은 한숨과 함께 날개를 쭉 뻗었다.

촤악! 촤악!

강철이 허공에 몸을 날리자, 드래곤들이 죄다 주둥이를 벌렸다.

「아리엘, 내가 유인할 테니까 일단 숨어 있어.」

「네?」

마법 저항력쯤 기본으로 탑재한 드래곤들이다.

분하겠지만, 지금 아리엘이 할 수 있는 건 아무것도 없는 상황이었다.

하지만 아리엘은 당장에라도 뛰쳐나올 기세였다.

「아리엘! 드래곤의 패턴을 익히고 따라 하는 데 집중해!」

강철의 지시에 아리엘이 멈칫했다.

「지금은 용가리들의 공격 수법을 익혀! 그걸 익힌 뒤에 확실하게 도와줘!」

아리엘이 이를 악물면서 답을 하지 못했다.

속이 터지겠지만, 이것이 현실인 거다.

강철이 귓말을 한 직후였다.

콰아아아아!

선두에 선 용가리가 불을 뿜어 대자,

콰아아아아아아아!

뒤따르던 놈들이 일제히 브레스를 토해 냈다.

한 방이라도 제대로 맞으면 바로 뒈진다.

촤아아아악! 촤아아아악!

강철은 멋진 날갯짓으로 일단 놈들의 반대편으로 날았다.

지시를 받은 아리엘과 케인은 몸을 숨기기 위해 돌산으로 뛰는 중이었다.

두 사람이 안전하게 숨을 때까지라도! 쫌! 작작 해라!

촤르륵! 촤르륵!

용가리들은 생각보다 빨랐다.

미친 듯이 브레스를 뿜어 대며 따라오는데, 그만큼 거리도 금방 좁혀졌다.

"아오오오오!"

이를 악물며 날갯짓하는 데도 HP 게이지가 팍팍 떨어졌다.

퍼드득!

강철이 몸을 솟구치며 놈들을 바라보았을 때였다. 앞장선 드래곤의 손으로 푸른빛이 감도는 게 보였다.

'얼음 마법?'

쏴아아아아!

실제로도 강철이 서 있는 방향으로 눈보라가 쏟아졌다.

젠장! 얼음 조각 마왕을 만들려는 것도 아니고!

강철이 옆으로 몸을 트는 순간이었다.

쩌적! 쩌저저적!

강철의 양옆을 노리고 낙뢰가 쏟아졌다.

정면과 양옆이 틀어막힌 상황이었다.

강철은 본능적으로 위를 향해 솟구쳐 올랐다.

콰아아아아!

과연 드래곤이었다.

놈들은 이미 예상했다는 듯, 강철이 솟구친 방향을 향해 브레스를 뿜어 대고 있었다.

"미치겠네!"

총알 피하는 슈팅 게임도 아니고!

사방 다 막아 놓고 정면 승부 하게 만드는 게 드래곤의 패턴인 줄 알지만, 한 마리도 아니고 여섯 마리인 거다.

"에라이!"

강철은 즉시 가장 앞쪽의 용가리에게 달려들었다.

쩌억!

놈이 기다렸다는 듯 브레스를 뿜었고,

휘익!

그 순간, 강철은 아래로 방향을 꺾었다. 그러고는 수면 아래로 가라앉는 잠수함처럼 드래곤의 배 밑으로 낮게 날았다.

용가리들은 저마다 아래로 불을 뱉었지만,

크아오! 크아악!

방향이 꼬여서 강철이 노린 드래곤만 시커멓게 태운 꼴이었다.

글자 그대로 급한 불을 끈 강철은 드래곤의 포위망을 벗어나기 위해 힘차게 날았다.

촤아아악!

그사이 전열을 갖춘 놈들이 바로 뒤까지 따라붙었지만, 강철은 등이 찢어져라 날갯짓을 계속했다.

그오오오!

강철을 따라붙은 여섯 마리의 드래곤이 서로 다른 마법들을 쏟아 내기 시작했다.

'이게 훈련이냐?'

스피츠, 이 미친 용가리야!

먼저 땅에서 불길이 치솟았고, 사방으로 낙뢰가 떨어졌으며, 거대한 운석이 우박인 양 쏟아져 내렸다.

그 정도만 되어도 피한다. 그런데 빈틈마다 얼음 창 날아들지, 거센 바람까지 불어 닥쳐서는 날갯짓도 못할 정도로 강철을 꽁꽁 붙들었다.

"에이, 진짜!"

화가 울컥 났지만, 어쩌겠나.

죽기 싫으면 진짜 슈팅 게임 한다고 생각하면서라도 버텨야 하는 상황이었다.

강철은 눈을 부릅뜨고는 빈 곳을 찾았다.

"해 보자!"

그는 이를 부득 갈며, 마법이 쏟아지는 한복판으로 몸을 날렸다.

⤴

송재균은 모니터에서 눈을 떼지 못했다.

스피츠가 준 훈련이랍시고 강철이 여섯 마리의 드래곤을 상대로 버티는 중인데, 도저히 납득이 안 되는 전투였다.

'이게 어떻게 가능한 거지?'

데이터로 산출했을 때, 드래곤 한 마리가 족히 강철의 3배는 더 강했다.

그게 여섯이다.

데이터만 보면 강철은 최고 30초쯤 버틴 뒤에 이미 죽었어야 맞다.

그런데도 벌써 10분을 넘게 버티는 중이었다.

송재균은 숨 쉬는 것도 잊은 것처럼 모니터 화면을 뚫어지게 바라봤다.

'데이터는 모든 것을 설명할 수 있다.'

본인의 지론을 몇 번이고 되뇌었지만, 눈앞의 광경은 계속해서 그것을 부정하고 있었다.

데이터로는 강철의 지금 모습을 설명할 방법이 없다.

도대체 무엇이 저토록 긴 시간을 버틸 수 있게 하는 걸까.

'참 황당하네요, 강철 씨.'

철저히 데이터를 기반으로 선택한 강철이었다.

 그가 승승장구하는 모습이야말로, 송재균이 옳았다는 것을 증명하는 자료였다.

 한데 지금 모니터에서 날아다니는 그 증거가, 오히려 송재균의 판단을 훌쩍 넘어서고 있는 거다.

 마치 그가 믿고 있는 것이 얼마나 부질없는 것인지를 온몸으로 증명하는 것처럼 말이다.

 "후우."

 화면 안에서 사투를 벌이는 강철을 두고, 송재균은 작은 한숨과 함께 서랍에서 파일 하나를 꺼내 들었다.

 차곡차곡 접혀 있는 기다란 서류였는데, 최상단에 '아리엘'이란 이름이 커다랗게 적혀 있었다.

 강철이 유일하게 동료로 인정한 유저다.

 송재균이 아리엘의 데이터 파일을 챙긴 이유는 간단했다.

 강철의 동료가 될 수 있었던 이유를 데이터를 통해 밝혀 내고 싶어서였다.

 그런 것들을 하나하나 설명할 수 있다면, 정말 그렇게 될 수만 있다면, 강철과 같은 수준의 NPC도 만들어 낼 수 있을지 모른다.

 "후우."

 송재균은 냉정한 얼굴로 아리엘의 파일을 살폈다.

 데이터가 꾸준히 상승하고 있다는 것만큼은 분명하다. 강철을 만난 뒤에 상승폭이 눈부시다는 것도 인정한다.

 그러나 강철이 혼자서도 빛나는 사람이라면, 아리엘은 그 없이 스스로 빛나긴 힘든 사람이었다.

 '그녀의 플레이 중에 가장 기억에 남는 장면이라고 해 봐야, 레전드리 템을 부숴 가며 동료를 살린 것뿐인데…….'

 당연하게도 동료를 위한 마음이나 희생정신 같은 게 데이터화될 순 없다.

 '고작 그것 때문에 강철 같은 사람이 동료로 선택해?'

 송재균은 고개를 갸웃했다.

 '결국 아리엘이란 유저가 폭발적으로 성장한다면, 강철 씨를 진심으로 인정할 수밖에 없겠군요.'

 송재균은 다시 모니터를 향해 시선을 주었다. 강철은 아직도 드래곤을 피해 도망 다니는 중이었다.

 "아!"

 프로모션 기간에 스피츠의 보주를 쓸 수 있게 해 달라던 강철의 요청이 떠올랐다. 준비 기간을 포함해서 말이다.

 송재균은 급하게 수화기를 집어 들었다.

※

 아리엘은 몇 번이고 뛰쳐나가려고 했었다.

 지금도 그랬다.

강철이 저토록 위태로운데, 어떻게 그걸 보고만 있겠나. 하지만 매번 케인이 나섰다.

"마왕님의 명령입니다. 그냥 계세요."

한때 끗발 날렸던 케인이라지만, 강철의 동료인 아리엘에게는 한 수 접어 주는 말투로 대했다.

"마왕이 죽게 생겼잖아요."

"저 정도에 당할 사람이었으면 제가 마왕이라 부르지도 않았을 겁니다."

이거 게임이다. 죽으면 다음 날 리스폰되는 거, 아리엘도 모르는 게 아니다. 하지만 지금 케인의 반응은 단순히 그 때문만은 아닌 듯했다.

"그럼 마왕이 지금 상황을 어떻게 극복한다는 거예요?"

"모르죠, 저도."

케인은 뻔뻔하기 그지없는 답을 내놓았다.

"알면 제가 마왕 했지, 저 양반이 하게 됐겠습니까? 도저히 방법이 없는 거 같아도 꾸역꾸역 살아남아요. 하다 하다 안 되면 운을 만들어서라도 살아남는다니까요."

케인은 정말이지 강철이 걱정되지 않는다는 투였다.

"그냥 보시면 알게 됩니다. 세상에 제일 쓸데없는 게 우리 마왕 걱정이라니까요. 그리고 지금 나가면 마왕의 훈련을 방해하는 게 됩니다."

도무지 이해하기 어려운 말이었다. 그러나 케인의 마지막

말이 뛰쳐나가려는 아리엘을 붙들었다.

콰과과광! 쩌적! 촤아아아!
땅에서 솟아오른 불기둥을 피해 강철은 높이 날아올랐다.
쏴아아아!
그 즉시 강철의 머리 위로 얼음 덩어리가 날아들어서는,
파바바바!
무섭게 회전하며 얼음 창을 쏟아 냈다.
"이야아앗!"
강철은 이를 악물고 얼음 덩어리를 향해 뛰어들었다.
서거경! 서거거경!
'피해서 답 있는 것도 아니고!'
쐐애애액! 그그그궁!
강철은 정신 나간 사람처럼 사이드를 휘갈겼다.
데미지는 받지만, 두 손 놓고 있는 것보다야 이편이 훨씬 효과적이란 판단에서였다.
뎅-경!
얼음 덩어리를 반으로 가른 강철은 그 즉시 위로 솟구쳤다.
화아아아!
산 넘어 산이라고, 이번엔 광풍이 몰아쳤다.
염병할! 이건 못 뚫는다.

강철은 바람에 몸을 맡긴 채 반대편으로 더 빨리 날았다.
콰과과과과!
강철을 노리고 떨어지는 운석 뒤에 숨어 다른 마법을 피하면서 말이다.
으득!
강철은 이를 악물었다.
빈틈없는 마법들이라고 죽을 수는 없는 거 아닌가.
목숨 걸고 돌파한다!
죽을 때 죽더라도 최소한 경험 하나라도 더 쌓는 게 다음 번 전투에 도움이 되는 거다.
강철이 또다시 운석에 몸을 숨기는 순간이었다. 느닷없이 용가리 하나가 입을 쩍 벌린 채로 나타났다.
"와라!"
강철은 피하지 않았다.
쐐애애액!
각오했던 대로, 목숨을 걸고 휘두른 사이드였다.
팅!
그러나 사이드가 용의 머리를 찍은 직후에, 모종삽으로 탱크를 찍은 듯한 황당한 소리가 터져 나왔다.
한 방 맞은 드래곤은 자존심을 다친 놈처럼 입을 썰룩일 뿐이었다.
'엿 됐다!'

놈이 뿌려 댄 브레스를 피해 강철은 악착같은 날갯짓으로 몸을 날렸다.
그리고,
띠링!
[스피츠의 보주, 레벨 제한이 200으로 하향됩니다.]
[기간 한정 옵션으로, 만료 시 착용된 장비가 자동으로 해제됩니다.]
[장비를 착용하시겠습니까?]
뜻밖의 메시지가 떠올랐다.
'타이밍 죽이네!'
프로모션 기간 동안 부탁했던 스피츠의 보주 사용 요청을 송재균이 들어준 모양이었다.
강철은 숨도 안 쉬고 '예.' 버튼을 눌렀다.
[스피츠의 보주는 주 장비/보조 장비 모두 활용 가능합니다.]
[어느 것으로 착용하시겠습니까?]
지금 선택한 거 나중에 무를 수 없다.
촤아악! 촤아악!
강철은 미친 듯이 날갯짓을 하며 일단 재빨리 설명을 읽어 나갔다.
'주 장비로 쓰면 사이드를 버려야 하고, 보조 장비로 쓰면 주 장비를 더 강화해 준다는 거잖아?'

퍼더덕!

하마터면 메시지 읽다가 죽을 뻔했다.

날갯짓으로 몸을 세 번이나 뒤튼 강철은 재빠르게 '보조 장비' 메시지를 선택했다.

[보조 장비로 착용하셨습니다.]

[기간 한정 옵션으로 스피츠의 보주가 +2 강화의 효과를 발휘합니다.]

순간, 하늘에서 거대한 원통 모양의 빛이 강철에게 쏟아져 내렸다. 그러고는 곧바로 비늘을 덧입은 것처럼 강철의 온몸이 금빛으로 물들었다.

그오오!

강철을 온통 뒤덮은 빛이 몸 안으로 스며드는 듯하더니, 쿠궁!

홀로그램 하나가 눈앞에 떠올랐다.

허공에 떠 있는 창으로 강철의 기존 스탯과 그 스탯이 어디까지 상승할 수 있는지 적혀 있었다.

[스피츠의 보주, 각성 스킬 '폭주'를 사용하시겠습니까?]

지금이 찬밥, 더운밥 가릴 때냐?

해 준달 때 다 해 보자!

강철은 바로 '예.' 버튼을 눌렀고,

콰앙!

거대한 폭발음과 함께 강철의 몸에서 엄청난 기운이 뿜

어져 나왔다.

['폭주' 상태는 5분간 지속됩니다.]

5분에 저놈들을 어떻게 해결하라는 거야!

강철이 몸을 빼기 위해 날갯짓을 했을 때였다.

촤악!

고작 한 번이었건만,

쐐애애애앵!

도저히 감당할 수 없는 속도로 날아간 강철은,

퍼억!

엉뚱하게 드래곤의 목을 들이받고 말았다.

그뿐만이 아니었다.

강철의 머리에 솟은 마왕의 뿔이 드래곤의 목을 완벽하게 뚫어 놓기까지 했다.

"응?"

목을 뚫은 강철이나, 목을 뚫린 드래곤이나 황당하긴 마찬가지 상황이었다.

그으으응! 쿵!

목에 커다란 구멍이 뚫린 용가리가 그대로 추락해서는 혓바닥을 길게 늘어뜨린 채로 숨을 헐떡이고 있었다.

뭐지, 이게? 이 정도의 강력함이라면…….

"카이얀 시절이랑 비슷한 거 같은데?"

정확히 4분 45초가 남아 있는 상황이었다.

[레벨이 올랐습니다.]

명색이 드래곤이다.

한 놈 통으로 잡아서 그런지 한 번에 10이나 올라 레벨 210이 되었다.

"훈련할 만한데?"

강철은 주먹을 꽉 쥐어 보였다.

단지 그뿐이었는데,

콰앙!

폭발 소리가 터져 나왔다.

손에서 아지랑이가 미칠 듯이 피어올라서 시각적인 효과도 죽였다.

"호오?"

거짓말 조금 보태면 카이얀 시절이 떠오른다고 해야 하나?

숨만 쉬어도 콧바람에 적들이 픽픽 쓰러지던 시절이 있었다. 그때 정말 죽여줬는데.

강철은 일단 드래곤에게 다가갔다. 한 놈이 처참하게 죽어서 그런지 잔뜩 긴장한 눈치들이었다.

팡! 팡!

주먹을 딱 두 번 휘둘렀을 뿐인데 한 놈은 머리가, 다른 하나는 배에 구멍이 나서 바닥에 떨어졌다.

그쯤 되자 남은 세 놈은 동시에 브레스를 뿜어 댔다.

피하는 거 일도 아니었지만, 맞으면 어떻게 되나 싶어 그냥 제자리에 있어 보았다.

화아아악!

난로 앞에 섰을 때 느끼는 훈훈함 정도?

강철은 반대로 입을 벌려서는 불덩이를 쏘아 버렸다.

콰아아아!

세 놈이 서로 떨어져 있어서 고개를 좌우로 흔들어 가며 불길을 퍼뜨리려 했다. 그런데 막상 뿜어진 불길이 너무도 거대해서, 놈들은 피할 새도 없이 온몸에서 연기를 피워 내며 바닥으로 떨어져 버렸다.

눈 깜짝할 사이에 벌어진 일이었다.

레벨은 오를 만큼 올라서 250이나 됐다. 총 6마리의 드래곤을 몰살시켜 얻은 성과였다.

젠장! 이럴 줄 알았으면 스피츠한테 100마리쯤 보내 달라고 하는 건데.

촤악! 촤악!

날개 딱 두 번 펄럭여서 아리엘이 있는 돌산에 도착했다. 그녀는 이곳에서 강철의 전투를 전부 지켜보던 중이었다.

"거의 금빛으로 도배가 되셨는데요?"

아리엘이 웃으며 말했다.

옆에 있던 케인은 꿈에 그리던 영웅을 만난 것처럼 존경의 눈빛을 뿜어 댔다.

"각성은 3일에 한 번만 할 수 있다고 돼 있군."

강철은 아쉬움에 입맛을 다셨다.

이 정도 성능이면 그 정도 쿨타임이 있는 게 적당하긴 하겠다만, 아무래도 당사자로서는 너무 길게 느껴질 수밖에 없었다.

"강화를 하시면 쿨타임도 줄고, 각성 시간도 늘지 않나요?"

"맞아."

아리엘의 말대로 5강화쯤 해 두면 하루에 한 번, 30분의 각성 상태를 유지할 수 있다고 되어 있었다.

각성 때 증폭되는 스탯 비율도 훨씬 높아지는 건 물론이었다.

강철이야 어차피 알아서 잘하니까.

그는 슬쩍 아리엘을 바라봤다.

"패턴은 좀 익혔어?"

"어떤 패턴을 만들어도 끝내 뚫어내는 사람이 있다는 건 배웠어요."

아리엘이 새초롬한 표정으로 한 말이었다.

"기준을 나로 잡지 마. 그럼 힘들어."

"힘든 정도가 아닌데요?"

"그래서 포기하려고?"

"마왕님도 못 피하게끔 만들어야죠. 그럼 다른 적들은 당연히 당할 거 아네요?"

강철은 말없이 어깨를 으쓱했다. 민망한 말은 생략하는 게 강철의 스타일이기 때문이었다.

"마왕님."

잠자코 있던 케인이 끼어들려는 때였다.

지잉!

낯익은 소리와 함께, 눈앞에 펼쳐진 광경이 순식간에 뒤바뀌었다.

당장 뭐라고 입을 열려던 케인은 타이밍을 놓쳐서는 입을 다물어야 했다.

제일 먼저 보인 건 등불 두 개였다. 거의 다 탔는지 힘겹게 뿜어내는 불빛 옆으로 스피츠가 보였다. 표정이랄 것을 담지 않은 얼굴로 그는 강철 일행을 바라봤다.

어쨌건 황량한 땅에서 스피츠의 레어로 돌아온 거다.

스피츠가 환영한다는 듯 입을 열었.

《전혀 예상치 못한 방법으로 훈련을 종료했군.》

전혀 예상치 못한 건 강철도 마찬가지였다.

느닷없이 드래곤 여섯 마리 불러다 놓고 다 죽이라니, 그게 어떻게 훈련이야?

근데 또 얼굴 마주하니까 납득은 된다.

한평생 드래곤으로 살았을 스피츠가 훈련이 뭔지 모른다고 해도 이상할 건 없었으니까.

'염병할! 내가 드래곤을 이해하고 자빠졌네!'

강철이 뒷머리를 긁적이자 스피츠가 다시 입을 열었다.

《그리 만족스럽지 못한 모양이군.》

"처음엔 너무 힘들어서 짜증 났는데, 각성을 하고 나니 진짜 쉬워서 허탈하던걸?"

강철의 말에 놈은 고개를 갸웃했다.

《백 마리쯤 보내 주면 될까?》

미친놈아!

"그런 거 말고 좀 상식적인 걸로 가자."

예를 들면,

"마법사에게 온전한 훈련이 되려면 드래곤이 마법쯤 가르쳐 주면 딱 좋을 거 같은데?"

《인간이? 드래곤에게 마법을 배운다고?》

턱도 없다는 듯 스피츠가 눈을 흘겼다.

저놈이 안 된다고 해도 포기할 강철은 아니었다.

"네가 하기 싫으면 소개라도 시켜 달라고. 레비아탄 같은 애들 있잖아."

레비아탄의 이름이 나오자 아리엘의 눈이 빛났다. 하지만 스피츠의 관심은 오로지 강철에게만 향할 뿐이었다.

《레비아탄과 싸우는 건 무리일 텐데? 마왕이 각성을 한

다고 해도 말이야.》

미치지 않고서야 250밖에 안 되는 레벨로 레전드리 NPC 한테 덤빌 리는 없다.

"만난 다음엔 내가 알아서 할 테니까 불러다 줘. 안 되면 우리를 그리로 보내 주든가."

강철의 말이 떨어지자 스피츠는 잠시간 입을 다물었다.

아무래도 레비아탄과 연락을 취하는 것 같았다.

강철은 아무렇지 않았는데, 아리엘은 제법 긴장한 눈치였다. 케인이야 아무 생각이 없는 얼굴인 게 당연했고.

잠시 뒤였다.

《레비아탄이 거절했네.》

"가서 거절당하는 건 나도 할 수 있거든?"

《때가 되면 볼 거라는 말을 덧붙였네. 나름의 계획이 있는 모양이야.》

"누구 못 불러다 줄 거면 직접 나서는 성의라도 보여야 되는 거 아냐?"

강철이 윽박을 지르자 스피츠는 눈을 감고는 몸을 엎드렸다. 입을 꾹 다문 채로 고개를 숙인 폼이, 꼭 잠을 잘 때의 동작이었다.

"이게 지금 장난치나!"

어처구니가 없었던 강철은 놈의 귀에 다가가 뭐라 뭐라 알 수 없는 말을 쏟아 냈다.

그 모습을 뒤에서 지켜보고 있던 아리엘은 케인을 향해 조용히 귓속말을 건넸다.

"스피츠는 최고의 NPC잖아요?"

"내가 성장하면 랭킹은 바뀌겠지만, 당장은 그렇다고 봐야지."

강철은 그 정도로 대단한 NPC를 잡화점 아저씨 대하듯 했다. 드래곤의 품격 따위 전혀 존중을 해 주지 않았는데, 스피츠가 그걸 감내하는 게 신기할 정도였다.

"마왕님은 원래 저러셨나요?"

"나한텐 더했네."

혹시 뻥이 아닌가 싶어 고개를 돌린 아리엘은 케인의 먹먹한 얼굴을 보며 입을 다물어야 했다.

"그래도 의리는 있지, 나름."

"의리가 있다니요?"

"마왕님이 자기 때문에 스피츠랑 저러는 건 아니지 않겠어? 굳이 레비아탄을 콕 집은 거 보면 아리엘 양 스태프를 복구하겠다고 저러는 거 같은데?"

"예?"

아리엘은 레비아탄의 스태프를 이미 포기하고 있었다.

히든 클래스를 얻었으니 그거면 충분하다고, 뱀파이어 세트 정도면 더 욕심 부릴 필요 없다고 생각하던 차였다.

그래서 강철이 레비아탄 얘길 꺼낼 때도 레전드리 템을

복구하기 위함이라고 생각하지 못했었다.

"그래도 의리는 있어, 은근. 저 양반이."

케인의 말이 떨어지기가 무섭게 아리엘은 강철을 향해 걸음을 옮겼다.

그는 여전히 스피츠에게 윽박을 지르는 중이었지만, 놈은 고개를 숙인 채로 눈을 감고 있었다.

아리엘은 조용히 스태프를 들어 올렸다.

그리고 작은 소리로 주문을 외우자,

빠지지직! 빠지지직!

그녀의 스태프가 전류로 이글거렸다.

당장이라도 손을 뻗으면 거대한 전격 마법이 쏟아질 지경이었다.

강철은 이게 무슨 일인가 싶어 고개를 돌렸다.

"왜?"

그녀는 답을 하지 않았다. 그 대신,

콰광!

낙뢰가 스피츠의 눈 바로 앞에 떨어졌다. 스피츠는 슬며시 눈을 떠서는 아리엘을 바라봤다.

《뭐지?》

놈의 눈이 아리엘을 똑바로 응시했다. 당장 공격을 뻗어도 이상하지 않을 분위기였다.

그러나 아리엘은 전혀 아랑곳하지 않고 다시 스태프를 들

어 올렸다. 그러자 곧,

빠가가각!

전격 마법이 다시금 스피츠의 눈앞에 떨어졌다.

강철은 이게 무슨 일이냐고 묻기 위해 아리엘을 바라봤지만, 그녀는 스태프를 들고 있을 뿐 여전히 아무런 답도 하지 않았다.

그쯤 되자 눈을 떴던 스피츠가 이번엔 고개를 들었다.

《건방을 떠는군.》

그러고는 손가락 하나를 들어 보였다.

그오오오!

손가락 끝에서 아우라가 뿜어져 나왔다. 어떤 마법이 튀어나와도 이상하지 않을 상황이 분명했다.

강철은 사이드를 뽑아 들었다. 마법 따윌 쏟아 낼 거면 앞에다 내민 손가락 하나쯤 잘릴 각오는 해야 할 거라는 듯, 스피츠를 노려본 채였다.

스피츠도 그 의미쯤 충분히 알았다.

강철과 스피츠가 서로의 눈빛을 응시한 직후였다.

콰광!

그런데 마법은 엉뚱하게도 아리엘 쪽에서 쏟아졌다. 스피츠의 발 아래로 또다시 전격 마법이 터져 나온 거다.

케인도 너클을 앞세우며 앞으로 걸어 나왔다. 지금 무슨 일이 벌어지는지는 모르겠다만, 싸움이 터지면 당장 아리엘을 위해 나서겠다는 각오를 표했다.

바로 그때였다.

빠지지직! 빠지지직!

아리엘의 스태프로 마법력이 극도로 집중되었다.

강철과 케인이 나서든, 스피츠가 브레스를 뿜어 대든 누가 먼저 칼을 뽑아 들어도 이상할 게 없는 상황이었다.

"스피츠 님."

느닷없이 아리엘이 입을 열었다.

"잠든 당신을 깨울 만큼의 마법은 익혔다 자부합니다. 이래도 인간의 마법이라 경히 여기실 겁니까?"

빠지지지직!

그녀의 스태프가 전에 없이 마법력을 그러모았다.

"아직 부족하십니까?"

빠직! 빠지직! 빠지지직!

아리엘은 스피츠의 얼굴에 스태프를 겨누었다.

대답 여하에 따라 스피츠와의 전투도 각오하겠다는 듯 아리엘은 눈을 빛냈다.

강철은 사이드를 움켜쥐었고, 케인도 주먹에 힘을 모았다.

《나와 마법으로 자웅을 겨루겠다고?》

"못할 거 뭐 있나요?"

스피츠가 표정을 지운 얼굴로 물었고, 아리엘은 이를 악물며 대꾸했다.

《다신 마법을 못 쓰게 될 수도 있을 텐데?》

"전직하죠, 뭐."

팽팽한 긴장감이 레어를 가득 채웠다.

《당장이라도 쓰러질 것 같은 얼굴로 잘도 허튼소리를 내뱉는군.》

눈을 가늘게 뜬 스피츠는 이내 손가락을 접었다. 그러자 손안에 그러쥐었던 마법이 허공으로 흩어져 버렸다.

전투 의사를 철회한 것이 분명했기에 아리엘도 곧 스태프를 거둬야 했다.

케인은 주먹을 풀고는 아리엘의 뒤에 가 섰지만, 강철은 무기만 거둘 뿐 부릅뜬 눈은 여전한 채였다.

상황이 어느 정도 정리됐다고 여긴 탓일까?

"제 목표는 레비아탄의 스태프를 복구하는 거예요."

아리엘이 담담한 얼굴로 말했다.

부탁을 하는 건데도 굽히거나, 조금이라도 비굴한 기색이 보이지 않았다.

역시나 아리엘답게 깡다구만큼은 늘 기대 이상이었다.

"마법을 창조한 드래곤에게 제대로 배우고 싶은 마음도 있고요."

《그래서 건방을 떨었나?》

아리엘은 아직 떨 건방이 더 남았다는 듯 스피츠를 바라봤다.

이 세계 최강의 NPC 앞에서도 그녀는 당당했다.

드래곤의 품격을 존중하는 선에서 대화를 이어 간다는 게 강철과 다른 점이었다.

"저를 도와주세요."

《내가 왜?》

"대륙 최강의 마법사니까요."

그게 드래곤에게 어떤 의미가 있냐는 듯 스피츠는 그녀를 노려봤다.

가만히 지켜보기 지루하던 강철은 스피츠에게 다가갔다.

"그냥 들어주십시다."

《왜 그래야 하지?》

"아리엘이 부탁을 하니까!"

듣는 사람 입장에선 정말 황당한 말일 수도 있지만 강철로선 정말 그게 다였다.

스피츠는 그런 강철을 잠시간 바라봤다.

강철의 말에 담긴 저의를 읽겠다는 것처럼 보였는데, 진심을 다 말했으니 읽고 자시고 할 것도 없었다.

《레비아탄의 스태프를 복구하는 일은 나로서도 불가능하네.》

"왜?"

《그건 레비아탄 본인만이 할 수 있는 일이야. 하지만 그가

그것을 복구할 수 있도록 제안은 해 볼 수 있네.》

"그래. 그걸 해 주면 돼."

하지만 스피츠는 호락호락하게 강철의 제안을 들어주지 않았다.

《내가 그것을 들어주면 자네는 무엇을 줄 수 있나?》

"에이! 거기에 아리엘의 마법 선생까지, 더."

바로 그 순간,

「마왕님! 괜찮아요! 제 힘으로 스피츠와 대화해 볼게요.」

아리엘의 귓말이 날아들었지만 강철은 대꾸하지 않았다.

《마법 선생이라고?》

"그래. 스태프의 복구, 또 마법 선생까지."

《자넨 나에게 뭘 해 줄 수 있지?》

"원하는 걸 말해."

강철의 대꾸에 스피츠는 묘한 미소를 머금었다.

제4장

그 이하는 강철 씨 때문에 안 됩니다

렙업하는 마왕님

스피츠는 강철의 눈을 오랫동안 바라봤다. 강철은 그 눈을 담담히 받아 냈다.

《천하의 마왕이 한낱 마법사를 위해 거래까지 하는 이유가 궁금하군.》

"한낱 마법사라니?"

강철은 아리엘의 머리 위에 있는 칭호를 가리켰다.

"마계의 제1군 총사령관이야. 그리고 경고하는데."

그의 반응에 스피츠가 눈을 빛냈다.

"아리엘은 마법사이기 전에 마계의 사령관이야. 그깟 마법 좀 먼저 쓸 줄 알았다고, 내 동료한테 함부로 말하지 마."

《그 뜻에 따르지 않으면 어찌할 텐가?》

"마계의 모든 병력을 끌고 와서라도 이 레어쯤 박살 내주마."

모든 병력이라고 해도 다섯이 전부다.

《마계는 다들 배짱이 두둑하군.》

"종특이야."

스피츠는 강철과 아리엘을 번갈아 바라보다, 곧 잠시 생각에 잠겼다.

《마왕은 언제고 내 부탁이라면 한 번쯤 들어줘야 할 거야.》

"내 말을 먼저 들어준다면야."

강철의 제안에 스피츠는 고개를 끄덕였다.

뭔가 일이 잘 풀린다 싶어서 강철의 얼굴에 슬쩍 미소가 걸릴 때였다.

《하나 확실히 할 것이 있네. 레비아탄의 스태프는 복구가 불가능할 수도 있어.》

"이제 와서 뭔 소리야?"

《스태프는 깨졌지만, 그것이 담고 있던 에너지는 어딘가에 고스란히 보관되어 있네. 그걸 회수하지 못하는 한, 복구한다 해도 반쪽짜리 스태프에 불과할 걸세.》

"그게 어디 보관돼 있는데?"

스피츠는 강철을 빤히 바라봤다. 묘한 표정을 그 안에 담은 채였다.

"어디 보관돼 있냐고 물었더니, 뭘 그렇게 이상한 눈으로 봐?"

《복구는 불가능할 걸세. 그 힘은 이미 완벽히 자리를 잡은 듯해서 말이야.》

염병할! 이럴 줄 알았다.

됐다고, 협상 끝났다고 손을 저으려 할 때였다.

《암제 '알다라'라면 총사령관에게 도움이 될 법한 장비를 갖고 있을 걸세.》

"지금 싸게 후려치려는 거야, 뭐야?"

강철이 짜증 섞인 투로 말하자, 이번엔 케인에게서 귓말이 날아들었다.

「마룡 스피츠, 명왕 네메시스, 광룡 레비아탄, 암제 알다라, 요렇게 4대 레전드리 NPC입니다요!」

싸게 막으려고 한 줄 알았더니, 동급의 템을 주려고 했다 이거지?

스피츠는 재미있다는 표정을 하고 있었고, 강철은 혼자 뻘쭘한 얼굴이었다.

《알다라의 퀘스트를 받을 수 있도록 해 주겠네. 마법도 배울 수 있도록 해 주지.》

"좋아. 그 정도면 나도 불만 없어."

강철과 스피츠가 의견을 확인한 뒤, 서로 만족스런 미소를 지어 보이던 그때였다.

아리엘의 얼굴이 묘하게 흔들렸다.

빠르기도 하지.

알다라가 준다는 퀘스트를 벌써 받은 건가 싶어 강철이 물었다.

"내용이 어떻게 되는데?"

강철의 물음에 아리엘은 잠시간 아무런 답이 없었다. 그리고 곧 아리엘로부터 귓말이 날아들었다.

「쪽지를 받았어요.」

「쪽지?」

「자신이 송재균 개발자라고……」

아! 그 양반 지금 연락했나 보구나!

「금전적인 것과 관련된 일이라고 만나서 얘기했으면 좋겠다는데, 사기 같아요.」

그녀의 말에 강철은 얼른 손사래를 쳤다.

「사기 아니야.」

「예?」

어떻게 그걸 그토록 자신하느냐는 표정이었다, 아리엘은.

강철도 그런 거 일일이 설명하는 스타일은 아니었다.

「넥씨 본사에 전화를 걸어. 그다음에 송재균 개발자에게 연결시켜 달라고 해 봐.」

「예?」

「2차 프로모션 관련된 일로 전화했다고 하면 연결될 거야.」

아리엘은 무슨 말을 하는지 도통 모르겠다는 표정이었다.

「직접 전화해서 쪽지 보낸 거 맞는지 확인하면 알 수 있잖아. 사기인지, 아닌지.」

「그래서요?」

「그쪽이 하는 말 잘 듣고, 판단은 아리엘이 하는 거지.」

「예?」

됐다, 이 정도면.

「로그아웃해서 전화부터 걸어 봐. 스피츠와 협상은 내가 알아서 잘 마무리할 테니까.」

강철의 말에 그녀는 고개를 갸웃했지만 이내 접속을 종료했다.

강철은 그녀의 빈자리를 확인한 뒤에야 후우! 깊은 한숨을 내쉬었다.

⁂

송지윤은 송재균이란 이름을 정확히 기억했다.

워낙에 유명한 스타 개발자이기도 했고, 자신과 이름이 비슷하기도 해서 그녀는 유독 송재균의 이름을 정확히 외워 뒀었다.

그녀는 긴가민가했지만 일단 휴대폰 버튼을 눌렀다.

이번 달은 아마 휴대폰 요금을 못 낼 거 같은데.

그래도 다행이다. 아직 전화기가 살아 있어서.

"송재균 개발자님 부탁드리겠습니다."

부서 몇 개를 돌고 나서야, 처음으로 답변이 돌아왔다.

(무슨 일 때문에 그러시죠?)

수화기 너머 들리는 음성에 잔뜩 의심이 배어 있었다. 하루에도 이런 전화, 수십 통쯤 받는 사람이 보이는 반응이 분명했다.

"2차 프로모션 때문에 연락드린 건데요. 게임상에서 쪽지를 받아서요."

쪽지에 연락처를 남기긴 했었다.

하지만 개인 번호여서 송재균을 사칭하는 건지, 아닌지 알아볼 방도가 없었다.

어쨌거나 회사에 전화를 걸어 송재균을 직접 바꿔 준다면 이게 사기인지 쉽게 판단할 수 있을 거였다.

그렇게 잠시간의 시간이 흐른 뒤였다.

(연결해 드리겠습니다.)

지극히 상냥한 목소리가 넘어왔다. 의심 가득했던 아까와는 전혀 다른 태도였다.

(송재균입니다.)

"안녕하세요. 방금 쪽지를 받고 연락드렸는데요?"

(아리엘 양?)

정말 송재균이 연락을 한 게 맞았다고?

그럼 최소한 사칭은 아니란 소리잖아.

거기까지 정리가 되자 놀라움과 의아함이 동시에 찾아왔다.

(2차 프로모션 때문에 연락을 드렸습니다. 넥씨 소프트에서 프로모션을 준비 중이란 건 아시죠?)

"아, 예. 이벤트요."

유저에겐 프로모션이란 말보다 이벤트란 단어가 익숙한 법이다.

(그때 중요한 역할을 맡아 주십사 연락드렸습니다.)

"제가요?"

(예, 그럼요.)

하긴, 1차 프로모션 때 마왕과 함께 뛰어놀긴 했는데.

그래서 이렇게 따로 연락까지 왔다는 건가?

(정식적인 계약을 하고 싶습니다.)

"무슨 계약을 말씀하시는 거죠?"

(프로모션 계약이고, 급여가 지급될 예정입니다. 아무래도 계약서를 쓰시는 게 맞지 않겠습니까?)

그녀는 급여란 말에 멈칫했다.

당장 월세가 없어서 전전긍긍하는 그녀에게 급여란 말은 너무나 달콤했다.

하지만 그녀는 이내 고개를 저었다.

"저는 굳이 계약을 하거나, 돈을 받고 싶은 마음은 없어요."

(왜 그러시죠?)

당장 다음 달 게임 이용료도 없으면서, 왜 이런 배짱을 부린 걸까?

"마왕을 돕기 위해서 하는 일이에요. 굳이 돈을 받거나, 계약을 하는 건 좀 그렇거든요."

(그거라면 괜찮습니다.)

"네?"

(강철 씨가 직접 부탁하신 거니까요.)

"누구요?"

(마왕…….)

"마왕이 직접 부탁을 했다고요?"

(모르셨습니까?)

마왕은 그런 말을 한 적이 없었다.

오래 본 건 아니지만, 마왕은 낯간지러운 얘기를 길게 하는 법이 없었다. 자기 칭찬이라도 나올라치면 꼭 말을 돌리는 성격이었다.

'사기꾼일 리가 없다느니, 전화해 보라느니, 일단 로그아웃부터 하라고 우길 때 이상하긴 했는데.'

그땐 의아했던 게 송재균의 말을 듣고 보니, 그래서 그랬구나, 이해가 되는 거였다.

(자세한 금액 같은 건 만나서 설명드리고 싶은데요. 계약서 작성도 필요하고 해서요.)

"아, 제가 찾아뵐게요."

(아닙니다. 저희 쪽에서 움직이는 게…….)

"아니에요. 넥씨 소프트 구경도 할 겸 찾아뵙죠, 뭐."

(아, 그럼 오신 김에 강철 씨와 인사도 하시면 좋겠네요.)

"강철… 씨요?"

(마왕이요.)

"마왕님이 넥씨 소프트 본사에 계세요?"

(예.)

그의 말에 송지윤의 눈이 가늘게 흔들렸다.

스피츠 앞에서도 당당하던 그녀가, 지금은 잠깐 고개를 숙였다.

(얼마나 걸리시죠?)

"하, 한 시간 정도 걸릴 거 같아요."

(그럼 한 시간 뒤에 뵙겠습니다.)

그렇게 통화는 종료됐다.

송지윤은 멍한 표정을 짓다 이내 탁자 옆에 놓인 거울을 들여다봤다.

⁂

스피츠의 레어엔 강철과 스피츠 딱 둘만 있었다.

강철은 턱을 괴고는 혼자 생각에 잠겼다.

'계약서를 쓰긴 쓸 텐데, 아리엘 성격상 누구 오라 가라 할 것 같지는 않고. 이러다 여기 오는 거 아니야?'

오늘 뭐 입고 왔지?

염병! 다 늘어난 티셔츠에 추리닝 바지 아니었나?

혹시라도 이 꼴을 하고 있다가 아리엘이랑 인사라도 하게 되면 어쩌지?

돈도 있겠다, 옷이라도 좀 사 입을까?

아, 옷은 진짜 모르는데.

그냥 백화점 가서 제일 비싼 거 달라고 하면 되는 건가?

강철의 머리 위로 물음표가 잔뜩 떠다녔다.

어쨌거나 그녀의 방문 여부부터 알고 싶었다. 그런 것쯤 송재균한테 물어보면 단박에 알 수 있을 텐데.

일단 로그아웃부터 해야 하나?

강철이 머리를 긁을 때였다.

《강화는 잘되어 가나?》

스피츠의 물음에 강철은 그게 뭔 소린가 싶다가, 곧 그에게 받은 퀘스트를 떠올렸다.

스피츠의 보주를 +5 강화까지 하라는 내용이었다.

오냐! 너 말 잘했다!

"강화를 하라고? 5강까지? 레전드리 템을?"

《흔쾌히 수락하기에 기뻐할 줄 알았네만.》

흔쾌히 받긴 했다. 강화한다고 아리엘 템 다 부숴 보니까, 이게 말이 안 되는 퀘스트인 걸 뒤늦게 깨닫긴 했지만 말이다.

"왜 자꾸 말도 안 되는 퀘스트를 줘? 확률 제로야! 불가능해. 바꿔 줘!"

강철의 말에 스피츠는 가볍게 미소를 지었다.

《자네는 마왕이 아닌가?》

"그게 뭐?"

《마계 고유의 강화법이 따로 있다고 들었는데.》

이건 또 무슨 소리야?

강철은 그게 무슨 말인지 묻고 싶었지만, 지금은 그보다 긴박한 일이 벌어질지 모를 상황이었다.

"일단 다녀와서 얘기하자."

강철은 얼른 로그아웃 버튼을 눌렀다.

⁂

세상엔 믿기지 않는 일이 왕왕 일어난다.

쌀 한 톨에 수만 글자를 써 넣는 세필가도 있다는데, 말만 들어선 상상도 안 되는 경지가 종종 있는 거다.

"캬! 죽이는구만."

스미든의 표정이 꼭 그랬다.

그는 반지 알만 한 강화석 결정을 보며 감탄을 금치 못하는 중이었다.

 강철이 미리 깎아 둔 거였는데, 강화술사인 스미든이 보기에도 정말이지 놀라운 솜씨가 분명했다.

 쌀 한 톨에 글자를 새겨 넣는 만큼의 정교함을 곡괭이로 재현한 기분이랄까?

 "그런데도 강화가 그따위로 박살 났다는 거지? 이 결정들을 사용하고도?"

 솔직히 그 생각을 하면 강화술사라는 직업에 회의가 들었다.

 스미든 본인이 최고치로 올라 봐야 강철만큼의 솜씨를 발휘하기도 힘들다.

 그런 강철조차도 한 자릿수 확률을 못 뽑아낸다면 뭐하러 강화술에 열정을 쏟는단 말인가?

 어차피 운인데?

 "젠장!"

 ((답답함이 가득한 표정이로군.))

 하늘에 둥둥 떠다니는 베인이 소리 없이 다가와 물었다.

 처음엔 놀라기도 하고 소름도 쫙 끼치고 그랬는데, 시간 좀 지났다고 그런가 보다 하고 넘어갈 정도는 되었다.

 "답답한 거 없네."

 ((허허! 얼굴에 쓰여 있는데?))

 "끄응!"

베인은 그가 들고 있는 강화석 결정 쪽으로 고개를 돌렸다.

((마왕의 솜씨에 좌절하는 중인가? 그런 거라면 접어 두게. 내 주인이라 하는 말이 아니라, 그 친구는 정말 독종이야.))

"웬일이래? 주인 타령을 다 하고?"

아닌 게 아니라, 베인은 대륙 최고의 사신답게 자존심 빼면 시체인 녀석이었다.

누군가를 주인으로 섬기는 건 당연히 자존심이 허락지 않는 일이었다.

((주인이 될 자격이 없는 자라면 날 불러낼 수도 없지.))

그렇다면 주인으로 인정하면서도 그냥 깐깐하게 굴었다, 이건데…….

"츤데레구만?"

베인은 그런 말 따위 아무런 관심도 없다는 듯 다시 고개를 돌렸다.

스미든도 별 신경 안 쓰는 건 마찬가지였다.

"후우."

이 빌어먹을 강화술이라는 거 계속 해 먹어야 하는 건가?

그래도 명색이 드워프인데 망치를 놓는 게 말이 돼?

혼자 열심히 고민을 이어 나가던 스미든에게 베인이 슬쩍 말을 던졌다.

((아리엘은 서고에서 히든 클래스를 얻었다더군.))

"그래서?"

((그냥 그렇다고.))

촤르르륵!

스미든은 열심히 책장을 넘겼다.

어렴풋이 들은 기억이 있다.

마계에는 강화석에 특별한 장치를 하나 더하는 경우가 있다는 거였는데, 말도 안 되는 소리라고 흘려들었었다.

그때야 마계에 갈 방법도, 이유도 없었으니까 그랬던 건데, 이왕 마계에 온 거 확인해서 나쁠 건 없었다.

스미든이 책을 읽으면 베인은 옆에서 사이드를 휘둘렀다.

"그쪽은 책 안 볼 건가?"

((사신에게 책은 살생부로 족하다.))

하여간 폼은.

그렇게 한참이나 서고를 뒤졌을 때였다.

"오오! 있다!"

스미든의 눈이 휘둥그레지자 베인도 얼른 다가왔다.

((숨겨진 전문 직업이라고?))

"흐흐흐!"

스미든은 얼른 내용을 읽어 내려갔다.

〈마계에 사는 몬스터들은 저마다 마력을 갖고 있다. 그 마

력을 추출하여 강화석에 세공해 넣을 수 있다면 강화 확률은 훨씬 더 높아질 수 있다.〉

그러니까 몬스터 잡아다가 강화석에 때려 박는다는 소리잖아?

〈강력한 몬스터일수록 정순한 마력을 보유하고 있으며, 그것이 강화석에 더해질 때면 더욱 놀라운 효과를 발휘할 것이다.〉

((허허! 대장장이가 몬스터 잡는다고 뛰어다니게 생겼군.))
베인이 약 올리듯 말했지만, 쉽게 생각할 문제는 아니었다.
마계 고유의 기술답게 마왕과의 계약을 통해서만 기술을 획득할 수 있던 것이다.
"마왕에게 도움을 주진 못할망정 아쉬운 소리만 하게 생겼구만."
((내가 아는 마왕은 그런 일에 신경 쓸 위인이 아닐세.))
저 사신, 언제 저렇게 마왕한테 푹 빠진 걸까?
"어쨌건 마왕도 레전드리 템을 강화해야 한다고 했었으니까……."

오면 말해 봐서 나쁠 건 없겠지.
근데 레전드리 템을 꼭 강화해야 되나?
스미든은 고개를 갸웃했다.

↩

슈웅!
강철은 캡슐 뚜껑이 열리자마자 얼른 밖으로 튀어 나갔다. 일단 휴대폰을 꺼내 든 그는 송재균에게 전화부터 걸었다.
(아, 강철 씨. 안 그래도 연락을 드리려던 차였습니다.)
"계약은 어떻게 됐나요?"
(세부적인 사항은 직접 오셔서 확인하기로 하셨습니다.)
"이리로 온다고요?"
(문제 될 거 있으십니까?)
문제 되고말고!
"일단 끊을게요."
여기서 말이 길어져 봐야 피곤하기만 하다. 강철은 돈 가방을 챙겨서는 후다닥 밖으로 향했다.
그는 먼저 휴대폰으로 가까운 백화점부터 검색해 보았다.
게임 속의 여관, 잡화점, 무기고는 꿰고 있어도 현실 속 백화점은 전혀 모르는 강철이다.

당연히 게임 속 미니맵은 꽉 잡고 있지만, 인터넷 실물 지도는 아무리 봐도 감이 안 잡혔다.

검색을 하다 보니 벌써 넥씨 본사를 빠져나왔다.

강남이라 원체 사람이 많았지만, 그래도 아직 퇴근 시간까진 여유가 있었다.

강철은 정차돼 있는 택시에 일단 몸을 싣고는 '가까운 백화점이요.'라고 짧게 말한 뒤에 돈 가방만 꼭 끌어안았다.

옷은 무조건 사는 건데…….

강철은 유리에 비친 자신의 모습을 살폈다.

옷도 옷이지만, 덥수룩한 머리가 볼품없어 보였다.

커트를 하든가, 하다못해 모자라도 하나 써야 하는 거 아냐?

강철이 고개를 갸웃할 때였다.

"총각, 뭘 그렇게 꼭 안고 가? 무슨 보물이라도 되는가?"

택시 기사가 툭 던진 말이었다. 강철은 무슨 대단한 비밀이라도 들킨 것처럼 움찔했다.

그의 반응이 유별나다고 생각했는지 기사는 흥미를 보였다.

"왜 그렇게 놀라는 겨? 남들이 보면 뭐 대단한 거 든 줄 알겄어?"

젠장!

돈 가방을 들고 있어서 그런지 작은 말에도 괜히 위축됐다.

혹시나 이 돈을 노리면 어떻게 하지? 달리는 차에서 문 열고 뛰어내려야 하나?

별 말도 안 되는 생각을 하고 있는데, 차가 멈춰 섰다. 신호 때문에 사거리에 정차한 거였다.

기사는 핸들에 몸을 바짝 가져갔다. 그러고는 핸들을 품에 안는 듯한 자세를 취해 보였다.

그는 그 자세로 고개를 들었다.

"저거 보이남?"

강철은 의심스러운 표정으로 그의 시선을 따라가 보았다.

빌딩 위에 설치된 대형 스크린엔 몹시 익숙한 장면이 나오고 있었다.

"아들놈이 하나 있는디, 공부는 안 하고 백날 천날 게임만 하는 겨. 혼도 내고 다 해 봤는디, 안 되더라고."

드높은 뿔과 거대한 날개를 펼친 마왕이 보였다. 프로모션 하이라이트 영상이 분명했다.

"갸가 말을 안 들어 싸니까, 뭐 땀시 저러나 나도 한 번 해 본 겨."

택시 기사의 시선은 오직 스크린에 집중돼 있었.

"내 레벨이 150이여. 아들놈은 94고."

그는 뭐가 그렇게 재미있는지 혼자 킬킬댔다.

"요즘 젊은 사람들 다 하던디, 자네도 알 거 아녀?"

"알긴 하죠."

"아는 거 갖고 되간디? 재밌웅게 꼭 혀 봐."

곧 신호가 바뀌었고, 차는 다시 출발했다.

택시 기사는 검지를 들어서는 툭툭! 핸들을 두드렸다. 제법 신이 난 모양이었다.

"아까 그 영상 봤제? 그기 마왕 이벤튼디. 나도 거 현장에 있었어."

"아, 예."

"그냥 구경 간 건디, 리온인가 하는 개잡놈한테 당했지, 뭐여?"

내내 즐거워 보이던 택시 기사는 갑자기 화딱지가 나는지 오른손을 들어 허벅지를 탁! 쳤다.

나이가 지긋한데도 게임 생각을 하면서 저런 반응을 보인다는 게 강철로선 굉장히 신기한 일이었다.

"꼭 혀 봐. 재밌당께?"

"예, 그래야겠네요."

"그나저나 리온 고놈을 마왕이 꼭 잡아 줘야 허는디."

강철은 뭔가 좀 민망했다. 그러다 기분이 이상해졌고, 나중엔 신기하다는 생각도 들었다.

오버 좀 보태서 연예인이 된 기분이랄까?

쓥! 연예인은 무슨 연예인이냐! 정신 차려라.

그렇게 잠시간 말없이 달렸을 때였다. 우회전을 하자마자 사람이 잔뜩 모여 있는 건물이 보였다.

"저기 백화점 괜찮아?"

뭐, 어디든 상관없었다. 옷이야 다 비슷비슷할 테니까.

"근처에서 내려 주세요."

택시 기사는 곧 차를 세웠다.

그러고 보니까 목적지에 도착할 때까지 미터기를 한 번도 안 봤다.

언제고 미터기에 있는 말을 힐끔거리기 바빴었는데.

"잠시만요."

미리 꺼내 둔 돈이 없어서 강철은 가방을 슬쩍 열어야 했다. 작게 열린 틈 사이로 손을 넣어 지폐 한 장을 꺼냈다.

당연히 5만 원짜리였다.

택시 기사는 품에서 돈을 꺼내서는 거스름돈을 세어 주었다. 살짝 부족한지 그는 바지 주머니를 뒤졌다.

돈 좀 벌었다고 거스름돈은 됐다느니, 건방을 떨고 싶은 마음은 없어서 끝까지 기다려야 했다.

잠시 뒤, 거스름돈을 다 챙긴 기사가 돈을 건넸다.

"고생하셨습니다. 안녕히 가세요."

강철은 가방을 품에 안고는 택시를 나섰다.

마음 급한 그가 얼른 문을 닫고는 백화점 쪽으로 향할 때였다.

"어이, 총각!"

느닷없는 소리에 강철은 홱 고개를 돌렸다. 그러자 활짝 열린 창문 사이로 택시 기사가 휴대폰을 내밀고 있었다.
"이거 놓고 갔어!"
아!
강철은 황급히 자동차로 향했다.
원래 택시에 휴대폰을 두고 가면 업자한테 넘기거나, 찾아 주더라도 돈을 요구하는 경우가 꽤 있다던데.
"감사합니다."
휴대폰을 건네받은 강철은 고맙다는 말로는 뭔가 부족한 듯싶어 창문 너머로 조용히 물었다.
"게임 아이디가 어떻게 되세요?"
"왜? 해 볼라구?"
게임 아이디 하나 물었을 뿐인데, 기사의 얼굴에 화색이 돌았다.
"게임에서 '총알택시' 검색하면 나올 거여. 초보들은 내 창고 템도 나름 요긴할 껴. 맨땅에 헤딩한다고 삽질허지 말고 얼른 귓말부터 보내! 꼭!"
저 아저씨는 알까? 응원하던 마왕을 본인 옆자리에 태웠다는 거 말이다.
"휴대폰 감사해요. 조심해서 들어가세요."
"귓말 꼭 넣구!"
"예."
강철은 꾸벅 고개를 숙이고는 얼른 백화점으로 걸음을

옮겼다.

⇲

아직 시간이 일러서 그런지 지하철을 타고 이동하는 데 큰 무리가 없었다.

빈자리가 몇 있었지만 송지윤은 굳이 앉지 않았다. 그녀는 손잡이를 쥔 채로 가만히 서서 고개를 들고 있었다.

짐칸 위로 광고를 할 수 있는 배너가 보였는데, 죄다 마왕의 이미지로 들어찬 상태였다.

아무래도 2차 이벤트를 앞두고 넥씨에서 홍보에 열을 올리는 게 분명했다.

'여기, 내 얼굴이 걸린다고?'

개발자의 말로는 아리엘에 대한 초상권이 없어서 미처 제작을 못했다고 했다. 오늘 중으로 사인을 하게 되면 최소한 온라인 광고에는 아리엘의 캐릭터도 포스터에 등장할 거라고 귀띔을 해 줬었다.

당연히 모델료도 지급이 될 거라고 했는데, 그녀로서는 실감이 나지 않는 말들이었다.

그녀는 혹시나 하는 마음에 옆 칸을 보았는데, 거기도 넥씨 소프트 광고로 도배가 돼 있었다.

강남에서 내려 출구를 찾는 동안에도 역 곳곳에 광고가

붙어 있었다.

이렇게 돈을 많이 써 놓고 모델료로 줄 돈이 남아 있기는 한가?

'하긴, 내가 무슨 연예인도 아니고 100만 원만 줘도 감사하지.'

그래. 100만 원이면 월세도 내고, 휴대폰 요금도 내고, 생활비도 쓰고, 당장 급한 불은 끌 수 있으니까.

'100만 원은 조금 많은가?'

그녀는 고개를 갸웃하며 일단 지상으로 걸음을 옮겼다.

청바지와 프랑스어가 프린팅된 흰색 티셔츠를 입었을 뿐이다. 꾸미면 더 부자연스러울 거 같아서 수수하게 입은 건데도, 그녀에게선 빛이 뿜어져 나오는 듯했다.

"몇 층에 가야 하는 거지?"

그녀가 안내도를 찾는 동안만도 다섯이 넘는 남자들이 다녀갔다. 뭘 도와드리면 되냐는 핑계로 말이다.

"아, 저 혼자 할 수 있어요."

안내받아 가면 편할 것을, 그녀는 굳이 안내도를 찾았다.

건물에서 길 찾는 일쯤 혼자 할 수 있기도 했고, 이성의 호의를 쉽게 받아들이지 못하는 성격 탓도 있었다.

어쨌거나 안내도에 따르면 총괄 개발자의 방은 10층이었다.

엘리베이터에서 내리자, 찾고 말 것도 없이 송재균의 방이 가장 먼저 보였다.

그녀는 일단 송재균에게 전화를 걸었다.

"도착했습니다."

(제가 나가겠습니다.)

"아, 문 앞이거든요."

(예?)

아마 건물 앞에서 전화할 줄 알았나 보다.

잠시 뒤 총괄 개발자란 직함이 적힌 문이 열렸고, 인터넷에서 많이 본 얼굴이 보였다.

"아리엘 양?"

"안녕하세요."

그는 꽤 놀란 눈치였다.

한동안 송지윤의 얼굴에 시선을 고정시킨 걸 보면 역시나 그녀의 특출난 미모 때문인 듯했다.

그는 일단 자신의 방 테이블을 가리켰다.

"들어오시지요. 커피라도 드릴까요?"

커피메이커에 커피가 가득 담겨 있었다.

굳이 번거로운 일은 아닐 거 같아서 송지윤은 고개를 끄덕였다.

그녀가 테이블에 먼저 앉았고, 송재균이 커피 두 잔을 들고 와서는 마주 앉았다.

"먼 길 오느라 힘드셨죠?"
"그 정도는 아니에요."
"어디 사시죠?"
"노원구요."

노원구란 말에 송재균은 슬쩍 미소를 지었다. 강철도 거기 산다고 말하려던 그는 이내 그 말을 집어삼켰다. 남의 신상을 떠벌릴 필요는 없다는 생각에서였다.

"원래 식사라도 하고, 이런저런 얘기를 나눈 뒤에 계약 얘기를 꺼내는데요. 강철 씨가 그러지 말라고 하시네요."
"예?"
"제일 먼저 계약 조건부터 조율하고, 식사는 그 뒤에 하라고 당부하시더라고요."

그녀는 강철이란 이름이 아직도 낯설었다. 머리 위에 쓰여 있는 닉네임이긴 하지만 마왕이 익숙했지, 강철이란 이름은 좀처럼 부를 일이 없어 뭔가 어색한 탓이었다.

"일단 식사를 하면 계약 조건이 마음에 안 들어도 미안한 마음에 억지로 사인하고, 그러는 경우가 종종 있거든요. 혹시 아리엘 양이 그러진 않을까, 꼭 계약부터 해 달라고 강조하시더라고요."
"마왕님이요?"
"예."

마왕이 대체 어떤 위치에 있기에 그런 말까지 할 수 있는 거지?

그녀는 잠시간 고개를 갸웃했다.

송재균은 이왕 말이 나온 김에 계약을 마치려는 듯, 테이블 끝에 놓인 서류 봉투를 들어다가 그녀에게 건네주었다.

"계약서입니다. 천천히, 꼼꼼히 읽어 보셔도 됩니다. 설명을 들으신 뒤에 계약서를 살피셔도 무방하고요."

송지윤은 그게 좋겠다는 듯 고개를 끄덕였다. 그러자 그는 가볍게 미소를 지으며 말을 이었다.

"일단 제일 중요한 건 지불 방법입니다. 성과급이 있고, 기본급, 아이템으로 지급해 드리는 방법이 있습니다."

당장 생활비가 급한 그녀였기에 아이템은 염두에 두지 않았다.

"성과급은 뭐고, 기본급은 뭐죠?"

"성과급은 유저를 잡은 수대로 그에 따른 비용을 지급해 드리는 방식입니다. 기본급은 그 반대로 일정한 액수를 보장해 드리는 형태고요."

"그게 얼만데요?"

송지윤의 질문에 그는 기다렸다는 듯 자신만만한 얼굴로 입을 열었다.

"성과급은 마왕이 벌어들이는 수당의 절반을 기본 보장해 드립니다. 거기다 아리엘 양이 잡는 인원을 추가로 명당 20만 원꼴로 정산해 드릴 겁니다."

강철이 의장에게 직접 따낸 조건이다.

"기본급은 아리엘 양이 전장에 발을 디디기만 해도 5천만 원을 바로 지급해 드리는 거고요."

유례없이 파격적인 대우인 게 당연했다. 송재균이 그토록 자신만만하게 말을 쏟아 낸 것도 그 때문이었다.

그러나 아리엘의 반응은 달랐다.

"지금 장난치시는 건가요?"

"예?"

"하루 게임을 플레이하는데, 5천만 원을 준다고요?"

순간 그녀의 눈에 독기가 어렸다. 돈이 없다고 사람 데리고 장난치는 건가 싶어서였다.

그러자 그 눈을 본 송재균이 손을 저었다.

"지하철 타고 오셨으면 보셨을 텐데요. 못 보셨나요? 광고 쫙 깔려 있는 거?"

광고라면 원 없이 봤다. 어딜 가도 붙어 있었으니까.

"그 정도 홍보비를 책정해 둘 정도입니다. 개인에겐 5천만 원이라는 액수가 많아 보일 수도 있겠지만, 회사 입장에선 아닙니다."

"그렇다고 저한테 그 돈을 준다고요?"

강철 씨는 더 받아 갑니다!

송재균은 꼭 그 말을 하고 싶었겠지만, 그런 말을 할 수는 없는 노릇인 거다.

"그 이하로 드리고 싶어도, 강철 씨 때문에 안 됩니다."

그녀가 잠자코 듣고 있자 송재균이 얼른 말을 이었다.

"그 이하로 계약했다가 강철 씨가 파업이라도 하면 저희 입장에서는 난리 나는 거라서요."

송재균은 계약서를 가리켰다.

"살펴보시면 그 액수가 정확하게 적혀 있을 겁니다. 설마 넥씨에서 계약서까지 쓰고 사람 골탕 먹일 리는 없지 않겠습니까?"

아리엘은 말없이 계약서를 살폈다. 과연 송재균이 말한 액수가 고스란히 적혀 있었다.

"아리엘 양의 캐릭터 초상권은 따로 계약을 체결할 예정입니다. 그에 따른 모델료도 추가로 지급될 거고요."

송지윤은 어안이 벙벙했다. 100만 원만 받아도 감지덕지라고 생각했던 그녀로서는 천 단위가 우습게 등장하자 현실감이 조금도 느껴지지 않는 거였다.

바로 그때였다.

지이잉!

송재균의 전화기가 울렸다. 그리고 그 액정 위로 '강철(마왕)'이란 글귀가 큼지막하게 떠올랐다.

제5장

어둠의 강화사

렙업하는 마왕님

 젬돌이가 무슨 백화점 갈 일이 있겠나.

 필요한 거 있으면 인터넷으로 시키고 말았지, 백화점은 생각조차 안 했던 강철이다.

 강남 백화점이랍시고 사람들이 고급스러운 차림으로 오갔는데, 그건 뭐 그 사람들이 그런 거고.

 원래도 남 눈치 안 보는 성격인데 돈까지 두둑하게 있으니, 강철은 어깨 쫙 펴고 당당하게 안으로 들어갔다.

 '아오!'

 문을 열자마자 화장품 냄새가 코를 찔렀다. 향긋한 게 좋지, 톡 쏘는 인위적인 냄새는 딱 질색이다.

 강철은 코를 막다시피 하며 화장품 코너를 벗어났다.

옆으로 크게 돌아 열심히 걷고 있는데, 오우! TV에서나 보던 명품 매장이 눈에 들어왔다.

군대에서 굴러다니는 남성 잡지에서 이름만 들어 봤던 꽤 유명한 브랜드였다.

'구경이나 좀 해 볼까?'

옆에 있는 또 다른 명품 매장은 줄까지 서서 들어가는 데 반해, 여기는 그래도 좀 한산한 편이었다.

뭐 대단한 거라고 줄까지 설 마음은 없었기에 조용한 이쪽이 훨씬 마음에 들었다.

강철은 망설임 없이 안으로 들어섰다.

매장은 굉장히 넓고 깨끗했다.

직원도 꽤 많았다.

그들은 하나같이 위아래로 검은 정장에 하얀 셔츠를 입어서 제법 단정해 보였다.

그중 몇몇은 하얀 면장갑까지 끼고 가방을 만졌는데, 그 모습이 조금 유난스러워 보이기도 했다.

그와 눈이 마주친 직원은 꾸벅 고개를 숙였다.

강철도 가볍게 인사를 하고는 물건을 살폈다.

구두, 가방, 지갑, 필요한 건 다 있었다.

'명품이라 그런지, 예쁘긴 하네.'

강철이 너무 편안하게 구경을 해서 그랬을까?

명품이고 지랄이고 돈 주면 살 수 있는 거, 대단할 게 뭐 있냐는 생각에 그냥 팔짱을 끼고 보았다.

그런데 그 모습이 남들 눈에는 명품 숍 꽤나 다녀 본 사람같이 보였던 모양이었다.

왜 그런 말 있잖은가?

진짜 돈 많은 사람은 외제 스포츠카 사러 반바지에 슬리퍼 신고 간다고.

늘어난 티셔츠에 헐렁한 추리닝 차림인데도 강철을 무시하지 않는 직원들의 태도가 그랬다.

그래서인지 강철은 그냥 담담하게 걸음을 옮긴 건데, 이상하게 직원들이 무언가 갈망하는 얼굴로 뒤를 따랐다.

강철의 눈에 따로 진열을 해 둔 정장 하나가 보였다.

남성 정장이었는데, 이 옷에만 따로 조명을 쏴 줄 정도로 꽤나 신경을 쓴 기색이 역력했다.

재질도, 디자인도 확실히 좋기는 했다.

"이건 얼마나 하나요?"

그냥 궁금해서 간단하게 물어본 건데도 직원이 후다닥 달려왔다.

"3백만 원입니다."

3백이라고?

강철은 속으로 쓴웃음을 삼켰다.

빚도 못 갚은 인간이 저런 거 사는 건 사람의 도리가 아니다. 다만, 언제가 빚을 다 갚는 그날이 오면 강철 본인에게

상으로 저 양복을 꼭 사 주겠다고 결심했다.

고개를 살짝 저은 강철을 직원은 기대에 찬 표정으로 바라보고 있었다.

'뭐지? 이 꼴을 하고 있는데 내가 정말 이걸 산다고 생각하는 건가?'

직원의 눈은 여전히 빛나고 있었다.

더 오해하게 전에 나가는 게 맞겠구만.

"잘 봤습니다."

강철은 직원에게 목례를 한 뒤, 명품 매장을 천천히 빠져나왔다.

'에효! 평소에는 갖고 싶다는 생각 한번 해 본 일 없는 명품인데, 돈 좀 생겼다고 그나마 구경하고 싶은 마음이 들었나 보다.'

강철은 지그시 이를 악물었다.

피 같은 돈이다.

게임에서 벌었고, 남들이 볼 때는 마왕이라는 캐릭 잡아서 행운처럼 벌었다고 여길지 모른다. 하지만 강철은 꿈에서도 팔이 움직일 정도로 곡괭이질 했고, 아리엘의 레전드리 템 날려 가며 번 돈이다.

그래! 돈 왜 벌어야 하는지, 잊지 말자.

있을 때 갚자. 그게 맞다.

프로모션하면 또 벌겠지만, 그래도 사람의 앞날은 모르

는 거니까, 다시는 방세를 밀리며 주인에게 폐를 끼치기는 싫으니까, 덜컥 아플 수도 있으니까, 일단 1억만 갚는 거다.

강철은 전화기를 꺼냈다. 그러고는 부재중 통화 목록에 빽빽하게 기록되어 있는 익숙한 번호로 전화를 걸었다.

강철의 전화만 기다리고 있었을까? 신호음이 한 번 울렸는데, 상대방 목소리가 들렸다.

(아니, 전화를 왜 안 받아! 이 새끼야!)

"아저씨."

(뭐? 아저씨?)

"일하느라 못 받았지. 그거 원했던 거 아냐?"

(근데 이 새끼가…….)

"시끄럽고, 욕 그만하고 지금 1억짜리 영수증 하나 끊어서 빨랑 강남으로 와."

(너 돌았냐?)

"다시 말하는 거야. 분명하게. 욕하지 말고, 지금 당장 1억짜리 영수증 들고 강남으로 와. 안 오면 나 이거로 새 인생 그냥 시작할 테니까."

오리지널 악덕 사채업자라기보다는 가능성 높은 곳에 투자해서 악착같이 수익을 노리는, 어쨌거나 투자 반, 돈놀이 반쯤 하는 인간이다.

(이자도 제대로 못 갚는 새끼가, 1억?)

"욕하지 말랬다. 9천짜리 영수증으로 가져와. 10분에 천

어둠의 강화사 • 139

만 원씩 또 깔 거고, 30분 뒤까지 도착 못하면 나, 파산선고 치고 이 짓 그만할 테니까 마음대로 해."

(너, 진짜야?)

강철의 목소리에 배인 자신감을 이제야 제대로 느낀 모양이었다.

(진짜냐고?)

"내가 돈 주겠다는 금액 가지고 허튼소리한 적 있어?"

(강남이랬지?)

"삼성역 5번 출구 커피숍. 29분 남았다."

(야! 1분을 까는 건 아니지!)

전화가 급하게 끊겼다.

강철은 통화를 마친 전화기를 보며 마음을 다졌다.

그래, 갚는 거다. 들고 다니다 욕심 생겨서 허튼짓하느니, 아버지와의 약속을 지키는 아들쯤 되는 게 나중에 후회하지 않을 짓이다.

아리엘 만난다고 나온 거긴 하지만, 지금 중요한 건 누가 뭐래도 돈 갚는 일이 맞다.

"후우."

어쨌거나 1억을 갚으려면 가방에서 8천만 원을 꺼내야 한다. 돈 다 들고 가서 1억만 준다고 해 봐라. 아마 남은 8천은 왜 안 주냐고 거품을 물고 달려들 게 뻔한 거 아니겠나.

강철은 일단 백화점 안내 데스크로 향했다.

"쇼핑백 하나 얻을 수 있을까요?"

고개를 갸웃하던 직원이 얼른 쇼핑백 하나를 건네주었다.

강철은 그걸 들고 바로 화장실로 향했다.

우선 빈칸부터 확인한 강철은 제일 끝 칸으로 후다닥 들어갔다.

문을 걸어 잠그고.

다음으로 007 가방에서 8천만 원을 꺼내 쇼핑백에 옮겨 담았다.

"아, 혹시 모르니까."

강철은 쇼핑백에서 30만 원을 따로 빼서 주머니에 넣었다.

바쁘다.

만반의 준비를 마친 강철은 한 손엔 007 가방, 다른 한 손엔 쇼핑백을 들고 백화점을 빠져나왔다.

강철이 지하철에 있는 물품 보관소에 쇼핑백을 넣었을 때였다.

"10분 전에 전화하라니까는."

(다 왔거든?)

돈 준다니까, 날아왔나?

(어딘데?)

"잠깐 기다려."

(근데 이 새끼가 왜 말을 짧게 해?)

"돈만 받으면 됐지, 뭔 형 대접까지 받을라 그러셔."
(1억이랬다, 너. 없으면 진짜 뒈진다.)
"시끄럽고, 거기 딱 기다려."
거기까지 말한 강철은 전화를 끊었다.
바지 주머니에 물품 보관함 열쇠를 단단히 넣어 두고는 약속한 커피숍으로 향했다.
강철이 들어서자,
"어이."
이름을 몰라서 생긴 대로 넙치라고 저장해 둔 인간이 손을 구부정하게 들고 강철을 불렀다.
짧은 스포츠머리에 젤을 바랐고, 팔뚝은 강철의 허벅지만 한데, 거기에 동물원을 차린 듯 사슴과 원숭이가 고약한 인상을 찌푸리는, 하여간 더럽게 짜증 나는 문신이었다.
"콘셉트 이상하게 잡았다, 너?"
넙치가 으르렁대며 여유롭게 자리에 앉았다.
"영수증은?"
"이게 진짜 약 처먹었냐?"
"아버지가 진 빚인 거 알지. 아무리 아들이지만, 1억을 생으로 갚으려니까 속이 뒤집혀서 그런 거야. 그리고 이 짓을 앞으로 6억 2천을 더 해야 한다고 생각하니까 이상하게 사람이 꼬이네."
말을 마친 강철은 가방을 시원하게 테이블 위에 올려놓

왔다.

"영수증 올려."

"하! 새끼! 그런데 이게 1억 맞아?"

강철은 말없이 가방을 열어서 넙치 앞으로 돌렸다.

'헉!'

놈의 눈이 말을 했다면 딱 저런 소리가 났을 거다.

그 순간, 강철은 탁! 하고 가방을 닫고는 재빨리 허벅지 위로 당겼다.

"이게 뭐야?"

"뭐가?"

"이게 뭐냐고."

"돈 달래매!"

넙치의 눈이 묘하게 흔들렸다.

그리고 놈은 거만하게 뒤로 젖혔던 상체를 바로 강철에게 바싹 디밀었다.

누가 보면 뽀뽀하러 다가오는 줄 알 정도였다.

"영수증 안 가져왔어?"

"누가 안 가져와? 사람을 어떻게 보고!"

넙치가 다급하게 뒷주머니에서 사각 용지를 꺼냈다.

지긋지긋하게 본 영주증이다.

10만 원 갚을 때도, 34만 원 뜯길 때도, 하다못해 6만 원 탈탈 털어서 줄 때도 받았던 영수증.

"펼쳐서 금액 보여 줘."

"나 그렇게 나쁜 놈 아니야."

넙치가 1억짜리 수표를 펴는 것처럼 양쪽 끝을 꼭 누른 채 테이블 위에 영수증을 펼쳤다.

1억이다. 영수증에 찍힌 금액은.

강철은 피식 웃었다.

그럼 그렇지. 넙치가 의심을 저버리면 넙치가 아니지.

"빨리 사인해."

"어? 내가 그걸 빼놨어? 어? 그랬네?"

하여간 인간이 믿기가 어렵다.

바지 주머니에 걸어 두었던 볼펜을 꺼낸 넙치가 확인하듯 강철을 보았다.

"너 혹시 위쪽만 돈이고 중간은 종이 자른 거면, 오늘 아버지에게 가는 수가 있다."

다 좋았다. 어지간하면 돈을 갚는 날이니까 그나마 기분 좋게 끝내려고 했었다.

그런데 아버지를 들먹이자 눈이 홱 뒤집히는 느낌이었다.

"말 다 했지. 좋아! 어디 한 번 보내 봐."

철컥!

강철은 허벅지 위에 놓인 가방을 열었다. 그러고는 돈뭉치 하나를 집어서 종이 끈을 시원하게 잘라 버렸다.

"내가 이거 커피숍에 뿌릴 거니까!"

사람들의 놀란 시선이 확 달려들었다.

"날 죽이든! 찢든! 마음대로 해!"

묶었던 끈이 풀려서 강철의 손안에서 돈이 출렁였다.

강철은 남은 손으로 가방의 손잡이를 움켜쥐었다.

"어디 마음대로 하라고!"

커피숍 안이 고요했다.

몇 놈은 강철이 혹시 정말 돈을 던지면 들고 튀겠다는 것처럼 다리를 이쪽으로 돌리고, 잔뜩 웅크린 자세까지 취하고 있었다.

"야! 왜 이래! 그래! 내가 잘못했다. 뭔지 몰라도! 아니! 내가 쓸데없는 말 한 거 미안하다. 그러니까 일단 가라앉혀. 야! 내가 미안하다고!"

"후."

강철은 넙치의 눈을 똑바로 노려보았다.

"사인해."

"그럼! 해야지, 사인! 사인!"

넙치가 재빠르게 늘 보았던 지렁이 세 마리를 꼬아 놓은 듯한 거지 같은 사인을 그려 넣었다.

"자! 여기 영수증! 화 풀고! 어허! 남자가! 야!"

나직하게 한숨을 내쉰 강철이 굳은 얼굴로 돈 가방을 테이블에 올리자, 사방에서 엄청나게 큰 한숨 소리가 들렸다.

화다닥!

가방과 강철의 손에 있던 돈을 채 간 넙치가 그제야 안심되는 얼굴로 입을 열었다.

"무슨 일 있냐?"

"방금 1억 갚은 거 말고 또 뭐가 있어?"

"하여간 삐딱하기는! 있어 봐라. 커피숍 왔으면 커피도 시키고 그래야지."

"내가 지금 커피 마실 기분이겠어?"

"그럼 커피 말고 다른 거 먹자."

넙치는 다짜고짜 일어서서는 카운터로 향했다. 그래도 지 거라고 007 가방을 꼭 든 데다, 혹시나 강철이 일어날까 봐 힐끔힐끔 돌아보면서 말이다.

어울리지 않게 진동 벨을 손에 든 넙치가 다시 자리로 돌아왔다.

"이거 훔친 거냐? 누가 잡으러 와? 니가 돈 갚는다 그래서 나 뛰어왔어."

돈 참 무서운 거다.

늘 인상만 박박 구기던 넙치의 얼굴을 비굴한 웃음으로 바꾸는 것을 보면 말이다.

저 인간이 커다란 콧구멍으로 돈 냄새는 기가 막히게 맡는다. 셰퍼드 뺨 깨물 정도로.

그때였다.

지잉! 지잉!

진동 벨을 든 넙치가 얼른 카운터로 달려갔다. 그러고는 가방을 옆구리에 낀 우스꽝스러운 자세로 얼음이 잔뜩 든 커피와 빨간 스무디를 들고 돌아왔다.

강철은 음료에 손도 대지 않았다.

"좀 마셔. 사람 성의 이렇게 무시하는 거 아니지."

"됐고, 갈 테니까 다음에 연락하면 늦지 말고, 욕하지 말고 나와. 알지? 한 번만 더 욕하면 확 파산 때릴 거라는 거."

넙치는 기죽기 싫다는 것처럼 의자의 등받이에 몸을 기댔다.

"나한테 갚을 돈이 아직 6억 2천 남았어. 그건 알지?"

"아니까, 연락한다는 거 아냐?"

"다음번엔 얼마 갚을 건데?"

"몰라. 벌어 봐야 알지."

강철의 말에 놈은 팔뚝에 그려진 사슴과 원숭이처럼 웃었다. 며칠 굶은 원숭이가 강철의 손에 들린 바나나를 보았다면 딱 저런 웃음일 거다.

"아저씨, 이 옷 안 보여?"

강철이 자신의 후줄근한 티셔츠를 늘어뜨리며 말을 이었다.

"나 이런 옷 입고, 1억 갚은 거야. 그러니까 다음 달에 전화하면 죽어라 뛰어와."

"솔직히 말해 봐. 너, 이 돈 어디서 구했냐?"

마왕 하면서 벌었다고 어떻게 말하겠나.

그런데 놈이 뜻밖의 말을 해 왔다.

"게임 열심히 하더니, 그거 돈 좀 돼?"

"이 아저씨 세상 물정 모르네. 게임으로 누가 그 돈을 벌어?"

강철은 넙치의 눈을 빤히 바라봤다.

너무 당당하게 봐서 그런지, 넙치는 고개를 갸웃할 뿐 더는 추궁하듯 묻지 않았다. 그러면서도 아직 뭔가 아쉬운 얼굴로 강철을 유심히 들여다봤다.

"아빠 이름 더럽혀지는 꼴 보기 싫어서라도 내가 갚으니까, 이제 일어납시다."

"너 옷 없지?"

"뭐요?"

넙치는 얼른 자리에서 일어서서는 강철의 팔뚝을 붙들었다.

"가자."

"어딜?"

"옷 하나 사 줄게."

"됐어요. 무슨 빚쟁이한테 옷을 얻어 입어?"

"사람이 안 하던 짓 하면 죽는다는 말 못 들어 봤냐? 혹시 아냐? 내가 너 옷 사 주고 가는 길에 캑 뒈질지?"

묘하게 설득력 있는 말이었다. 그리고 강철은 진심으로

그렇게 되었으면 하는 심정으로 넙치를 따라나섰다.

젠장! 세상 오래 살고 볼 일이다.

어쩌다 보니 넙치랑 백화점을 다 와 본다.

그것도 7억… 아니, 1억 갚았으니 6억 2천을 갚아야 하는 빚쟁이한테 옷 얻어 입으러 백화점엘 다 온 거다.

"뭐 입을래?"

"이거 또 빚 아냐?"

"의심병 도졌냐? 사 준다니니까?"

"각서 쓸 수 있어?"

"염병! 옷 사 준다니까 뭔 각서를 써?"

"쓸 수 있냐고."

"쓴다, 써."

입맛을 다신 넙치는 강철을 힐끔 바라봤다.

돈 냄새는 확실한데, 어느 구멍에서 나왔는지를 알고 싶어서 당장 숨이 꺽꺽 넘어가는 듯한 얼굴이었다.

"너 그거 아냐?"

"뭘?"

"몽타주 완전히 달라졌다, 너."

이건 또 뭔 소리야?

"너 대구빡에 자! 신! 감! 존내 크게 쓰여 있다고! 알아?"

"그래서?"

"그래서는 쓰벌. 뭐 입을래? 사 준달 때 정장이나 사 입어라."

 순간 강철은 번뜩 떠오르는 게 있었다.

 "진짜 정장 산다?"

 "그래! 정장 까짓것 얼마나 한다고? 사 준다니까?"

 강철은 익숙한 길로 향했다.

 점점 목적지에 다다를수록 넙치의 표정이 어두워졌다. 어딜 봐도 명품뿐이라서 그런 듯했다.

 "여긴데 괜찮아? 아니다 싶으면 지금 말해. 들어가서 쪽팔리기 싫으니까."

 넙치는 좀 난감하단 얼굴로 입을 쭈욱 내밀었다.

 아까 커피숍에서 강철의 팔을 잡아끌던 패기는 온데간데없이 사라진 채였다.

 "정장은 무슨 정장! 추리닝이나 살게. 내 돈으로."

 강철이 비웃듯 말하자,

 "사자! 사! 그놈의 양복! 내가 사 준다!"

 놈은 더럽게 내키지 않는 걸음으로 눈앞의 매장으로 움직였다.

 에라, 이 불쌍한 인간아.

 그거 사 주고 너 며칠은 잠 못 잘 텐데, 나 그런 인간 아니다. 그리고 그렇게 얻어 입은 옷으로 사람들 앞에 나서고 싶지도 않다.

 "어이, 아저씨! 거기 아냐. 저기야."

강철은 원래 사려고 마음먹었던 무난한 브랜드 앞에서 넙치를 불렀다.
"어! 그래- 애?"
그물에 걸렸던 넙치가 바다로 뛰어드는 듯한 얼굴로 한걸음에 강철을 향해 달려왔다.

⇗

"후우."
꼼꼼히 계약서를 살핀 송지윤이 작게 한숨을 내쉬었다.
"괜찮으십니까?"
송재균의 물음에 '아, 예.' 짧은 답과 함께 그녀는 고개를 끄덕였다.
"특별히 추가했으면 좋겠다 싶은 조항이 있으시면 말씀해 주십시오."
계약 조건은 충분히 마음에 들었다. 아니, 차고 넘친다는 말이 부족하지 않을 정도였다.
하지만 오히려 너무 좋아서 망설여진다고 할까?
100만 원짜리 계약이면 뒤도 안 돌아보고 하겠는데, 최소 5천 단위가 넘어간다고 생각하자 손이 쉽게 떨어지지 않았다.
"오늘 중으로만 결정해 주시면 됩니다."

망설이는 표정을 읽었는지 송재균이 나섰다. 그녀는 잠시간 생각에 잠겼다가 입을 열었다.

"제가 이 계약을 한다고 해서 마왕에게 불이익이 간다거나 하는 건 없나요?"

"어떤 의미죠?"

"혹시나 마왕이 저 때문에 무슨 손해를 감수해야 하거나, 책임져야 할 것들이 더 늘거나 하진 않을까 해서요."

송재균은 그녀를 빤히 바라봤다.

눈앞에 이득을 마주하고서도, 누군가를 먼저 걱정한다는 건 쉬운 일이 아니다.

그녀의 눈빛은 혹시나 강철에게 불이익이 돌아갈 거라면 이까짓 계약쯤 유보할 수 있다는 각오가 담겨 있었다.

배짱 하나로 세상 사는 사람들한테서나 볼 수 있는 눈빛을, 저런 어여쁜 여자가 하고 있다니.

'이 정도쯤 되니까, 강철 씨가 그토록 챙기려고 하는 거구나. 팀을 짠다고 하는 것도 괜한 소리는 아닌 거야.'

송재균은 이제야 좀 이해가 된다는 듯 고개를 끄덕였다.

"강철 씨는 이 계약 때문에 손해 보는 거 없습니다. 거짓말처럼 들리시겠지만 그분은 철저히 갑이고, 저희가 을이거든요."

"넥씨가 을이라고요?"

"강철 씨가 게임 안에서 누구한테 설설 기고 그런 거 보셨습니까?"

그녀는 잠시간 고개를 모로 틀었다.

하긴, 최강의 NPC인 스피츠한테까지 윽박을 지르던 강철이다.

어디 가서 남한테 이용당할 사람은 아닌 거다. 최소한.

"이해되시죠?"

"예, 조금."

거기까지 말한 송지윤은 후우! 다시 깊은 한숨을 내쉬었다.

그러고는,

"계약할게요."

당당한 목소리로 말했다.

마왕에게 피해가 가는 것만 아니라면, 이 좋은 조건의 계약을 마다할 이유는 없다는 생각에서였다.

"지불 방식은 어떻게 하시겠습니까?"

송재균의 말에, 그녀는 말해 뭐하냐는 듯 '성과급이요.' 하고 대꾸했다.

"하나도 못 잡으시면 돈 한 푼 못 버시는 겁니다. 괜찮으시겠어요?"

돈 욕심이 없다면 거짓말이다.

하지만 돈 욕심만 있었으면 기본급 택해서 안전하게 5천만 원 받았을 거다.

"성과급으로 해야 재미도 있고, 기대도 되고 할 거 같은데요?"

그녀가 담담하게 대꾸했지만, 송재균은 조용히 어깨를 들썩였다.

송지윤의 반응이 강철과 너무 비슷하다고 느낀 까닭이었다.

저돌적이고 무모한데, 배짱만은 두둑한.

보고 있으면 피가 끓게 만드는, 그런 유형의 사람들 왜 있잖은가.

바로 그때,

휘이익!

그녀가 계약서에 사인을 마쳤다.

송재균은 기다렸다는 듯 활짝 웃었다.

"강철 씨에게 할 말이 생겨 다행입니다. 제가 책임지고 계약을 진행하겠다고 약속드렸거든요."

"예."

"강철 씨가 곧 온다고 하셨는데, 잠시만 기다려 주시면 식사하러……."

그는 말을 다 잇지 못했다.

지이잉! 지이이잉!

테이블 위에 올려 둔 송지윤의 휴대폰이 좌우로 흔들렸기 때문이다.

통화 거절 버튼을 누르려던 그녀는 휴대폰 액정에 떠 있는 이름을 보고는 눈이 휘둥그레졌다.
"어, 어서 받아 보시죠."
"잠시만요."
그녀는 휴대폰을 들고는 이내 자리에서 일어섰다.

⇨

강철은 넥씨 사무실 복도를 걷는 중이었다.
한 손에는 8천만 원 담긴 쇼핑백에, 다른 한 손에는 남방에 면바지를 담은 쇼핑백을 든 채였다.
넙치가 사 준다고 그렇게 우겨 대는 걸 억지로 보내느라 애먹었다, 강철은.
빚쟁이가 사 준 옷 입고 아리엘을 만나고 싶은 마음은 없어서, 정말이지 억지로 떨어 낸 다음에야 옷을 사고 돌아왔다.
돈 좀 벌면 사고 싶었던, 자전거 타는 남자가 그려진 브랜드 옷이었다.
생각보다 좀 비쌌지만, 그래도 그 정도는 꼭 사 주고 싶었다. 노력한 자신에게 이 정도는 해 줄 수 있는 거 아닌가.
6억 2천?
염병할! 후딱 벌어서 갚자.

그래서 아빠, 하늘나라에서 좀 편히 쉬게 해 주자.

강철이 이런저런 생각을 하며 걸음을 옮길 때였다.

타다다닥!

조용한 복도에 발소리가 들렸다.

고개를 들어 보니, 복도 끝에서 누군가가 열심히 달려오는 게 보였다.

청바지에 흰색 티셔츠 차림의 여자였다.

그녀는 긴 머리를 휘날리며 뛰고 있었는데, 아무래도 이쪽으로 달려오는 듯했다.

'뭐지?'

그녀가 강철의 옆을 스쳐 갔을 때 비누 냄새가 훅 느껴졌다. 백화점 1층에서 느꼈던 톡 쏘는 향과 달리, 정말이지 강철이 좋아하는 은은한 향기였다.

강철은 저도 모르게 뒤를 돌아보았다.

다른 생각을 하느라 제대로 보진 못했지만 예쁘다는 인상만큼은 확실히 받은 거였다.

그녀는 뭐가 그리 급한지 비상구로 향했다.

아마 엘리베이터를 기다리기 힘든 나머지 계단으로 내려가려는 모양이었다.

강철은 한동안 뒤를 돌아본 채로 그녀가 있던 자리를 바라봤다.

후우! 넙치 때문에 지금 제정신 아니긴 한데, 어쨌거나 오늘은 아리엘을 만나기로 한 날인 거다.

 정신이 든 강철은 후다닥 걸음을 옮겨야 했다.

"후우."

 저도 모르게 한숨이 터져 나왔다.

 강철은 문고리를 쥐었다가 '아차' 싶어서는 뒤늦게 노크를 했다.

"들어오세요."

 문을 열고 들어가자 방 안엔 예상외로 송재균밖에 없었다.

 강철은 일단 테이블 쪽으로 가 의자를 빼서 앉았다. 그러자 송재균이 자리에서 일어서서는 테이블로 다가왔다.

"아리엘 양에게 여동생이 있는데 몸이 아픈 모양입니다. 전화를 받고는 놀라서 병원엘 가셨습니다."

"아, 그런 일이라면 당연히 가 봐야죠."

 강철은 고개를 끄덕였다.

"계약은 잘 마쳤습니다."

"예."

"아리엘 양은 성과급으로 지급받기를 원하셨습니다."

 과연 아리엘이다. 돈 때문이 아니더라도 그녀는 꼭 성과급을 선택했을 거다.

"여동생 때문에 병원비가 좀 급하게 필요한 모양입니다. 선금을 받을 수 있겠냐고 물으셔서, 일단 걱정 마시고 병원에 가 보시라고 말씀드렸습니다."

응? 선금이 필요하다고?

병원비를 당장 넥씨에게 구해야 할 정도라면, 아리엘도 별로 넉넉하진 못하다는 건데?

"그래서 어떻게 하시려는 건데요?"

순간 강철의 눈빛이 바뀌었다.

평소에 허허 웃고 다니는 강철이지만, 이런 눈빛을 보일 때면 조금도 양보가 없는 그였다.

그 표정을 누구보다 잘 아는 송재균은 마른침을 삼킨 뒤 입을 열었다.

"계약금 조로 천만 원을 보내 드릴 예정입니다. 프로모션 끝나고 정산 받을 금액 중 일부를 미리 드리는 겁니다."

이미 계약이 끝난 마당이다.

계약금을 선금으로 주기로 했다는데, 지금 와서 다른 말 하는 건 말도 안 되는 거다.

"아리엘 캐릭터로 온라인 광고 하신다고 그랬죠?"

"아, 예."

"그거 계약서는요?"

"급하게 일어나셔서, 그건 따로……."

"그건 얼만데요?"

"천만 원입니다."

"그거밖에 안 돼요?"

"통상……."
"저랑 말씀하실 때는 '통상' 이런 말을 쓰질 마세요."
"예?"
"마왕도 통상 유저가 하는 거 아니잖아요."
강철은 단호했다.
송재균과 많이 친해졌다고는 하지만, 일로 만날 때는 정확하게 하는 게 맞다.
"2천 주세요."
"후우."
"아리엘이 성과급 계약을 했다면서요?"
"예."
"막말로 저랑 아리엘이랑 들어가자마자 유저들한테 썰렸다고 치자구요. 그럼 아리엘이 받은 선금, 그거 다 빚인 거잖아요? 그럼 모델료라도 많이 보장을 해 주셔야죠."
강철의 말에 송재균은 잠시간 생각에 잠겼다.
송재균은 꼭 저런 표정이면 생각이 끝난 뒤,
"좋습니다. 그렇게 하지요."
꼭 긍정적인 말을 꺼내는 버릇이 있었다.
"일단 온라인 모델료로 2천만 원을 보내 드리겠습니다."
"그럼 저는 그 계약에 대한 걸 아리엘한테 설명할게요."
송재균은 고개를 끄덕였고, 강철은 자리에서 일어났다.
이럴 때면 송재균한테 좀 미안하지만 어쩌겠는가.

아이템 다 깨 먹을 때 눈 하나 꿈쩍 않던 모습이, 돈이 많아서가 아니라 깡다구가 세서 그런 거였다면 아리엘을 위해 뭐라도 해 줘야 하지 않겠나.

강철은 그냥 가자니 발이 안 떨어져서,

"개발자님께는 늘 감사하게 생각해요."

한마디를 던지고는 쇼핑백에 손을 가져갔다. 그는 예쁘게 포장된 상자 두 개를 꺼내 송재균에게 건넸다.

"백화점 갔다가 생각나서 하나 샀어요."

"아니, 이런 것까지……."

"태어나서 처음 선물해 보는 거예요."

훈훈함을 못 견디는 강철은 후다닥 방을 빠져나가며 한마디를 덧붙였다.

"하나는 아리엘 거니까, 만나게 되면 꼭 좀 전해 주세요."

그 뒷모습을 보고 있던 송재균은 피식 웃음을 터뜨리고 말았다.

※

로그아웃한 시간이 꽤 돼서 그랬는지 스피츠의 레어를 벗어나 마왕성에서 시작하게 되었다.

아리엘은 보이지 않았다.

계약이 된 상태였기 때문에 아리엘의 접속 여부를 알 수 있었는데, 그것 또한 오프라인 상태였다.

아무래도 동생이 아프다고 했으니, 오늘은 접속을 할 수 없을 터였다.

'걱정되네.'

강철이 답답한 마음에 작게 한숨을 내쉴 때였다.

쿵쿵쿵.

육중한 발소리가 들렸다.

저런 소리, 마계에서라면 답 딱 나온다.

"마왕 왔소?"

스미든은 골든 나이츠 타령을 하려는지 금빛 갑옷을 입고 있었다.

저 영감 보니까 갑자기 또 강화가 생각나는구만?

강철은 스피츠의 보주 쿨타임을 확인해 보았다.

3일에 한 번 쓸 수 있으니, 아직 이틀은 기다려야 했다.

쿨타임을 줄이려면 강화를 하는 수밖에 없으니까, 강화가 꼭 필요한 상황인 건 확실했다.

'아리엘도 없는데 혼자 훈련을 하는 것도 좀 그렇고. 오늘은 강화에 매진하는 게 맞는 건가?'

그렇다고 강화에 매진한다고 뾰족한 수가 있는 건 아니었다. 아리엘과 했던 것처럼 있는 템 다 날릴 확률이 높은 건 불을 보듯 뻔한 일이었다.

하지만 그런 강철의 생각에 답이라도 하듯, 스미든이 다가오며 입을 열었다.

"마왕이 오기만을 손꼽아 기다렸네."

"나를?"

"계약을 하고 싶네."

"뭐?"

"내가 히든 클래스를 발견했지, 뭔가!"

유저도 아니고 NPC가? 이건 무슨 뚱딴지같은 소리야?

바로 그때였다.

띠링-!

[NPC '스미든' 님이 마왕과의 계약을 원합니다.]

[승인하시겠습니까?]

급작스럽기도 하다.

갑자기 이건 뭔 소리야?

"마왕, 내가 마계 소속이 되어야만 히든 클래스를 얻을 수 있네. 계약을 부탁하네."

"아니, 내가 계약을 하기 싫어서 미루는 게 아니고, 무슨 계약인지 들어는 봐야 할 거 아냐?"

강철의 말에 스미든은 이해가 간다는 듯 고개를 끄덕였다. 그러자 어디선가 '스으으응!' 하는 소리와 함께 커다란 사이드를 든 베인이 모습을 드러냈다.

((저 드워프 양반이 마왕성 서고를 뒤지다가 횡재를 했지.))

강철은 느닷없이 나타난 베인을 노려봤다.

"넌 뭔데 자꾸 나와?"

강철은 지금 드높은 뿔과 거대한 날개를 펼친 채였다.

손에는 서슬 퍼런 사이드도 들고 있었는데, 베인의 것과는 비교가 안 될 정도로 살벌한 것이었다.

여태껏 삐딱 선을 타며 틱틱대던 베인이지만, 강철의 그 모습을 감당할 리 만무했다.

"여기서 정해. 내 밑으로 기어 들어오려면 여기 붙어 있고, 그게 아니라면 지금 소멸시켜 줄 테니까."

베인은 잠시간 강철을 바라봤다. 로브에 있는 짙은 어둠이 꾸벅 고개를 숙였다.

((마왕님을 뵙습니다. 영원히 주인으로 모시겠습니다.))

옆에서 보고 있던 스미든은,

"그래도 저 양반이 남모르게 마왕 존경하더라고. 하하……."

살벌해진 분위기를 풀기 위해 뒷머리를 긁적이며 말했다.

강철은 쓰읍! 입맛을 다신 채로 놈의 로브 뒤편을 툭 쳐 주었다.

이윽고 베인은 또다시 고개를 숙였다. 이번엔 허리를 완전히 꺾어서 고개가 땅에 닿을 정도였다.

오버는!

강철이 슬며시 제자리로 돌아왔을 때, 스미든이 살짝 긴장된 얼굴로 말을 꺼냈다.

"이제 계약을 하게 되면 나도, 아니… 저도 마왕님이라고……."

"됐어. 영감은 그냥 하던 대로 해. 사람 불편하게."

"그래?"

강철의 한마디에 스미든은 이를 드러내며 환히 웃었다. 혹시나 분위기가 뻑뻑해질 걸 염려했던 모양이다.

"아까 하려던 얘기나 마저 해 봐."

강철이 툭 던진 말에 스미든은 얼른 달려들었다.

"이제 강화를 운에 맡길 필요가 없게 됐네."

"뭐?"

"그런 표정을 할 줄 알았네."

강철은 고개를 모로 틀고 있었다.

"마왕, 자네야말로 운에 모든 걸 맡기다 보니 강화가 싫어졌던 거 아닌가?"

그건 맞다.

노력으로 메울 수 없다면, 대신 그 공백을 운으로 가득 채워야 한다면 강철은 견딜 수가 없는 거다.

운에 기대느니, 잠 안 자고 노가다 하는 편이 강철의 적성에 더 맞았다.

"간단히 말하면 강한 몬스터를 잡아서 그 기운을 강화석에 담는 걸세. 강한 몬스터를 잡을수록 강화 확률은 높아지겠지."

"그게 어떻게 가능한 건데?"

"마계의 강화는 원래부터 그랬다는군. 내가 마계 소속이 된다면 그 강화술을 배울 수 있는 걸세. 그러니 얼른 계약을 좀 부탁하는 걸세."

그런 좋은 클래스가 있다면 마왕이 직접 배우는 게 맞다.

하지만 마왕은 그 자체로 히든 클래스이기 때문에 다른 걸 또 얻을 수는 없는 상황이었다.

"그 기술을 익히기만 한다면, 내 평생 마왕의 장비를 위해 일하겠네. 자네가 원한다면 기술을 전수하도록 노력할 걸세."

그게 가능할지 모르겠다.

억지로 스미든의 등을 떠미는 것도 아니고, 본인이 하고 싶다고 하니까.

강철은 계약 창을 바라봤다.

[NPC '스미든' 님이 마왕과의 계약을 원합니다.]

그래, 해 보자.

[수락하셨습니다.]

[NPC '스미든' 님은 마계 소속이 되었습니다.]

[그에 따른 직책은 마왕이 직접 임명할 수 있습니다.]

직책은 나중에 하기로 하고.

그러고 보니 스피츠가 마계의 강화 방식이 어쩌고 했던 적이 있다. 마치 그것만 있으면 레전드리 템도 5강쯤 문제도 아니라는 듯 말했었다.

아리엘 만난다고 로그아웃하느라 더 자세히 듣진 못했지만 말이다.

'그런데 로그아웃할 때 들었던 걸, 로그인하자마자 알게 됐다고?'

강철은 고개를 갸웃했다.

이 정도면 누가 지금 이 상황을 다 기획하고, 판을 짜 놨다고 해도 믿을 정도였기 때문이다.

그럴 수 있는 자가 있다면 역시 스피츠 하나뿐인데.

'스피츠가 무슨 수로 마계에 있는 스미든을 서고에 보내 책을 읽게 할 수 있겠어?'

강철은 말도 안 되는 소리라는 듯 이내 고개를 저었다.

렙업하는 마왕님

 스미든은 계약을 하고, 새로운 클래스에 도전할 수 있게 되었다며 한참 신이 난 얼굴이었다.
 계약을 하면 상대방의 정보를 완전히 공유할 수 있다.
 퀘스트를 받으면 퀘스트 내용을 알 수 있고, 새로운 클래스를 얻으면 그것의 특성까지 토씨 하나 안 놓치고 파악할 수 있는 거다.
 그렇게 본 바로는 스미든이 좋아할 건 하나도 없었다.
 '몬스터 잡는 노가다를 뼈 빠지게 해야 되는데, 저 양반은 그걸 알고서 좋아하는 건가?'
 보니까 몬스터만 있는 건 아니다.
 잡을 수만 있다면 드래곤도 그에 따른 충분한 보상을 지급한다고 되어 있었다.

스피츠가 보냈던 용가리들을 지금 잡았으면 스미든은 렙업 좀 했을 텐데.

'스피츠한테 훈련을 또?'

아서라.

그러다 갑자기 용가리 백 마리쯤 불러오면 이건 또 답 안 나오는 거다.

강철은 마음이 갑갑해져 저도 모르게 고개를 저었던 그때였다.

스으으응!

조용히 다가온 베인이 허리를 꺾고는 입을 열었다.

((스미든과 마찬가지로 저도 마왕님과 계약을 할 수 있겠습니까?))

저놈은 또 무슨 히든 클래스를 얻었기에 계약을 해 달라는 거지?

하지만 강철의 생각과 달리,

((영원한 충성을 맹세하는데 계약만 한 게…….))

"오버하지 마라."

((마왕님의 뜻이 정 그러시다면…….))

놈은 고개를 숙인 채로 뒤로 물러났다.

왜, 사극에 보면 왕 앞에 선 신하들이 뒷걸음질 쳐서 사라지는 거 있지 않나.

딱 그 짝이었다.

뭐, 그 모습이 오버스럽긴 해도 기분 나쁘진 않았다.

틱틱거리던 전과 달리 충성을 맹세한 뒤로 달라진 거다, 베인은.

부하를 부려 먹고 싶은 마음은 없다만, 서열을 확실하게 하는 게 맞아서 그냥 두는 거였다.

어쨌든 스미든과 베인 모두 사라지고, 조금은 조용해질 무렵이었다.

띠링!

[플레이어 '아리엘' 님이 접속하셨습니다.]

응? 아리엘이?

메시지가 뜬 직후에 그녀 또한 마왕성에 모습을 드러냈다.

게임 캐릭터일 뿐이지만, 아리엘은 특유의 분위기가 있었다. 은은한 비누 향을 맡을 때처럼 절로 기분 좋은 미소가 그려지는, 왜 그런 거 있잖은가.

강철은 아리엘에게 다가갔다.

"아리엘, 늦어서 미안해. 얼굴 볼 수 있었는데, 급작스레 일이 좀 생겨서."

돈 갚느라 늦었다고 할 수는 없어서 그냥 그렇게 말한 거였다. 그러자 아리엘은 손사래를 쳤다.

"죄송해요. 제가 급작스레 일이 생겨서 집에 갈 수밖에 없었어요."

동생이 아프다고 했다. 그래서 오늘은 접속을 못할 거라고 예상했는데, 웬일로 그녀가 금방 접속을 해 버린 거다.

"감사하단 말씀을 꼭 드려야 될 거 같아서요."

"뭘?"

"큰돈이 입금됐더라고요."

"얼마나?"

"이천만 원이요."

송재균, 그 양반이 벌써 보냈나 보다.

하여간 일 처리만큼은 마음에 든다니까?

"그건 캐릭터 모델료니까, 부담 갖지 말고 써도 돼. 선금 받는 게 아니니까, 빚이라고 생각하지 말고."

"마왕님이 그렇게 신경 써 주시는지 몰랐어요."

"뭔 신경을 써? 아리엘 모델료라니까?"

"그래도……."

"아리엘이 노력해서 유저 랭킹 1위 된 거야. 그래서 모델이 된 건데, 왜 나한테 고맙다고 해? 그때까지 노력한 본인한테 수고했다고 박수 쳐 줘야지."

강철의 말이 떨어진 순간, 그녀의 눈시울이 붉게 물들었다.

누군가 자신의 노력을 이토록 알아준 적이 있었나 싶어서였다.

"어쨌건, 노력해서 번 돈이니까 부담 갖지 마."

"송재균 개발자님한테 들었어요. 절 위해 많이 애써 주셨다고요."

에잇! 그 양반, 쓸데없는 소리는 해서 왜 분위기를 이렇게 만들어?

"감사해요."

"동생 일은 들었어. 그 말 하려고 무리해서 접속한 거면 후딱 가 봐. 괜찮으니까, 정말."

"아녜요. 동생 병실에 부모님 두 분이 계세요."

에효!

그 말을 들으니까 절로 한숨이 새어 나왔다.

아리엘이 어느 정도 병원비를 마련해 줘야 하는 상황이 아닌가 싶어서였다.

아빠 빚 갚는 자기나, 동생 뒷바라지해야 하는 아리엘이나 처지는 비슷한 거 같아서 강철은 씁쓸하게 웃었다.

"동생은 좀 괜찮고?"

"예. 이번이 처음은 아니라서, 전보다는 많이 익숙해졌어요. 동생도, 우리도요."

더 자세한 걸 묻기는 애매해서 강철은 고개를 끄덕였다.

"마왕님이 신경 써 주신 덕분에 여유가 생겼어요. 정말이에요."

이런 얘기 더 했다간 강철이 먼저 로그아웃을 해 버릴지도 모를 일이었다. 그런데도 아리엘은 해도 해도 부족하다는 듯 말을 이었다.

"성과급 보장해 주신다고 넥씨 본사랑 엄청 싸웠다고 들었어요. 그런 거 처음이라고, 마왕님 아니었으면 불가능한 계약 조건이라고 하더라고요."

"아리엘이라서 된 거야. 그렇게 생각하면 돼. 두말할 필요 없어."

"아니, 그래도 어떻게……."

"그만!"

강철의 반응이 너무 격렬했을까? 그녀가 작게 미소를 지었다.

간만에 보이는 그녀의 웃음에 덩달아 기분이 좋았지만, 주책바가지처럼 보이진 않을까 강철은 입을 꾸욱 다물었다.

충분히 대화를 나눈 뒤에도 아리엘은 로그아웃을 하지 않았다.

"마왕님이 그렇게까지 애써 주셨는데, 저도 그 기대에 부응해야죠!"

그녀는 앙증맞은 두 주먹을 불끈 쥐어 보였다.

그래, 이래야 아리엘이다.

언제, 어떤 상황이 닥쳐도 주눅 들지 않고, 저렇게 밝은 표정을 짓는 게 진짜 그녀인 거다.

'그래. 어쨌거나 아리엘도 나름 회복이 된 거 같으니까.'

강철은 보주를 통해 스피츠에게 메시지를 넣었다.

스피츠가 준 보주라서 그런지, 더는 찰스를 부르지 않고도 놈에게 직접 말을 건넬 수 있었다.

(아리엘 마법 선생? 어여 마왕성으로 와.)

(나보고 오란 말인가?)

(학원 차렸어? 우리가 가게? 과외 선생이 얼른 오셔.)

(흐음.)

하여간 오라면 올 것이지, 이것들이 똥폼은!

근데 송재균은 NPC한테 뭘 알아낸다고 그런 대가까지 지불하며 부탁을 했던 거지?

쩝! 당장 돈이 급해서 부탁을 들어주긴 했는데, 괜히 누군가를 속이는 기분이라 마음이 좀 찝찝했다. 그 대상이 NPC라고 해도 달라질 건 없었다.

"후우."

강철은 아리엘을 바라봤다.

어쨌거나 스피츠가 올 때까진 시간이 좀 빈 참이다.

"아리엘, 길드가 싫어서 그 많은 놈들과 싸우는 건데, 나랑 함께하는 건 괜찮아?"

그의 말에 아리엘이 당연하다는 듯 고개를 끄덕였다.

"전 동료의 이득을 위해 넥씨 소프트랑 대신 싸워 주는 길드라면 괜찮아요."

에잇! 말 괜히 꺼냈다!

"하지만 제가 봐 온 길드는 다 깡패 흉내 내기 바빴거든요. 평범한 길드원들은 길드 회장 달아 보겠다고 임원들한테 세금 바치고, 임원들은 위상을 지키기 위해 약한 사람 때려잡고요."

하기야, 지금 있는 마계의 멤버들은 그런 건 없으니까.

각자의 이득을 위해 모인 이익 집단이면 베인이나 스미든 같은 친구들은 솔직한 말로 데리고 있을 이유가 딱히 없는 거다. 그냥 서로의 등을 지켜 주며 싸웠으니까 그때 기억으로 함께하는 거지, 다른 생각이랄 건 눈 씻고 찾아봐도 없었다.

이야기가 감상적으로 흘러갈 것만 같아, 강철이 난감한 얼굴을 할 때였다.

푸슛!

알 수 없는 소리와 함께 허공에 금 하나가 그어지는가 싶더니, 눈앞에 잔상이 생겨났다.

그리고 곧,

그오오오!

스피츠가 눈앞에 모습을 드러냈다.

마왕성이 제법 큰데도 놈이 나타나기만 하면 뭔가 꽉 차는 느낌이었다.

《불렀는가?》

놈이 아래를 내려다보며 강철에게 물었다.

"앞으로 부르지 않아도 때 되면 와서, 아리엘 가르쳐 줘."

없는 말 하는 것도 아니고, 약속한 거니까 지키라는 말이다.

《흐음.》

"조금만 귀찮으면 무조건 '흐음'이야?"

강철이 스피츠와 한바탕 하는 동안에도 아리엘은 스태프를 들고 곧 있을 수련을 준비하는 모습이었다.

스피츠도 그걸 봤는지 그녀에게 고개를 돌리며 입을 열었다.

《나는 인간 마법사와 아공간에 갈 생각이네.》

아공간이라면 그때 용가리들 불러왔던 곳처럼 이상한 땅덩어리를 말하는 모양이다.

그래. 제대로 배우려면 아무도 없는 데서 시원하게 마법도 쓰고 그래야겠지.

"스피츠."

강철의 부름에 스피츠는 다시 고개를 돌렸다.

"저번처럼 무식한 거 말고 제대로 된 훈련 좀 시켜 줘. 나도."

《더 강한 드래곤을 보내 주면 되는 건가?》

그럴 줄 알았다.

"훈련을 하고 싸우라고 해야지, 무턱대고 싸우기부터 하면 그게 훈련이야? 괴롭히는 거지?"

안 그럼 최소한 보상이라도 빵빵하던가!

스피츠는 이해하지 못하겠다는 양 고개를 갸웃하다가 말을 받았다.

《폭룡 로저스 정도면 어떤가?》

"뭐?"

《폭룡 로저스를 길들이는 일 정도면 나름 괜찮을 거 같군.》

스피츠의 말이 떨어지기가 무섭게 아리엘의 얼굴이 굳어졌다. 그녀는 강철을 보며 절대 하지 말란 식으로 고개를 저었다.

누군가 저런 표정을 할 정도는 돼야 결과도 달콤한 법이다.

강철은 기대에 찬 눈이 되어 스피츠를 바라봤다.

"그놈 길들이면 어떻게 되는데?"

《수족처럼 부릴 수 있게 되지. 여태껏 그 누구도 해낸 적 없는 일이네만.》

"그런 건 관심 없고, 여기서 얼마나 더 성장하게 되는 거냐고."

강철은 현재 250레벨이다.

《400은 충분히 넘을 수 있을 거 같군.》

용가리 여섯 마리 잡고 50 오른 건데, 한 놈 조지고 150 오르는 거면 그냥 그거 하는 게 속 편하다.

「마왕님, 안 하는 게 좋으실 거예요. 폭룡 로저스라면 레이드 보스몹 중에서도 상급에 속해요. 혼자서는 절대 무리예요.」

언제 약한 놈이랑 싸운 적 있었나.

그런 건 별로 중요하지 않다.

잡았는데 충분한 보상을 주느냐가 최우선인데, 레벨 150이나 오르는 거면 일단 합격이다.

아리엘의 염려는 고마웠지만, 지금은 그녀 본인의 상황에 더 집중해야 할 때였다.

「아리엘, 스피츠와 훈련은 나 없이 하는 거야. 그렇지?」

「예.」

「아마 스피츠의 가르침을 훌륭히 소화해 내면 기존에 없던 마법 스킬 하나쯤은 배울 수 있을 거야.」

척 보면 딱이라, 훈련이 끝나면 그녀가 얻게 될 열매가 무엇일지 대충 예상이 되었다. 강철은.

「당연히 HP 계수가 붙은 궁극의 마법을 배우겠지. 그건 스피츠가 아니면 어디서도 배울 수 없는 스킬일 테고.」

강철의 말에 아리엘은 눈을 빛냈다.

「스피츠 성격에 두 번 기회를 줄 리 없잖아? 이번 기회를 반드시 잡아야 돼. 아무도 대신해 줄 수 없어. 아리엘이 직접 하는 거야.」

이럴 때 빠지는 성격 아니다, 아리엘도.

그녀는 당연히 각오를 다졌지만, 그것만으로 부족한 때도 있는 법이니까.

「프로모션까지 3일이야. 3일쯤 못 잔다고 사람 죽는 거 아니니까, 이 악물고 하는 거야. 자신 있어?」

「할 거예요.」

강철은 아리엘의 눈을 잠시간 바라봤다.

그녀가 먼저 포기할 리는 없을 거 같다는 확신이 들어서 강철은 고개를 끄덕여 주었다.

강철은 이윽고 스피츠를 바라봤다. 그러고는 보주를 통해 둘만 알 수 있는 메시지를 보냈다.

(스피츠, 따로 이야기를 하고 싶은데?)

(무슨 말인가?)

(둘만 있는 곳이었으면 좋겠어.)

스피츠가 몸을 숙여서는 강철의 눈을 바라본 직후였다.

뭐지?

스피츠의 눈이 꿈틀하는 순간 강철은 사막의 한가운데에 서 있었고, 주변은 끝없이 펼쳐진 모래가 전부였다.

《어떤 말을 하려는가?》

"개발자의 부탁을 받았었다. 너와 대화를 충분히 나누기만 하면 어떤 대가를 받을 수 있게 되었지."

스피츠는 깊은 눈으로 강철을 빤히 바라보았다.

《그 말을 왜 내게 하는 거지?》

"내 상황이 안 좋기도 했고, 인간적인 관계가 걸려 있기도 해서 내가 욕심을 부렸다. 그 점은 변명할 여지가 없다."

《그래서?》

"그래서라니?"

《그런 이야기까지 털어놓는 이유를 묻지 않았나?》

"이런 상황에서 너한테 받았던 보상, 또 받기로 한 보상들, 그거 그냥 꿀꺽하자니 좀 그렇더라고."

스피츠는 흥미롭다는 듯 강철을 빤히 바라봤다.

"그런데 정신 차려 보니, 내가 너한테 또 뭔가를 요구하고 있는 거야. 훈련도 그렇고. 아무튼 너한테 뭔가를 바라는 건 좀 아니구나 싶었다."

《후후!》

"지금껏 준 보상을 가져가도 좋고, 주려고 했던 건 다 취소해도 상관없다."

사막의 모래바람이 그들 사이를 훑고 지나가는 동안 침묵이 흘렀다.

쩝!

강철은 입맛을 다셨다.

더럽혀진 아빠 이름 닦아 주고자 파산 안 때리고 꾸역꾸역 빚 갚는 거다.

그런데 돈을 갚아 나가는 방법이 올바르지 못하다면 그

건 아빠 이름을 다른 방식으로 더럽히는 꼴이고, 이런 모습은 또 강철이 아니었다.

아버지의 이름에 부끄럽지 않게.

이제는 정리할 시간이었다.

"아리엘은 이 일과 상관없으니까, 그대로 가자. 재능 있는 마법사야."

스피츠는 여전히 강철을 바라보기만 했다.

놈의 눈은 사막에 내리쬐는 태양만큼이나 뜨겁고 눈부셨는데, 하여간 말은 없었다.

또다시 짧은 침묵이 흐른 다음이었다.

《믿기지가 않는군.》

"뭘?"

《내게 그런 말을 한다는 것이.》

전혀 예상치 못한 반응이라 강철은 눈만 끔뻑였다.

《그 말 한마디에, 내게 받은 모든 보상을 뺏길 수 있잖은가? 더구나 개발자에게도 버림받을 수 있는 상황인데, 두렵지 않은가?》

성격이 이 모양이라 그렇지, 뭐.

강철은 별다른 대꾸 없이 길게 한숨을 내쉴 뿐이었다.

켜켜이 쌓인 모래 언덕에 바람이 지나가며 강철과 스피츠에게 시간이 흐르고 있다고 알려 주었다.

어쨌거나 할 말은 다 했다.

염병할! 그냥 송재균과 스피츠에게 적당히 대하면 좋았을 텐데.

근데 그게 또 성격상 안 되니까.

아무튼, 속은 시원했다.

최악의 상황에서 스피츠가 줬던 보주 뺏어 가고, 송재균이 '앞으로 급여는 윤창호 씨 통장으로 넣어 드릴게요.' 하는 게 전부인 거다.

확실히 엿 되는 건데.

아는데, 그렇게 못하겠는 걸 어쩌라고?

바람이 지나간 모래에도 자국은 남는다.

하물며 돈 때문에 양심을 파는 짓거리를 해 봐라.

반드시 마음에 흔적이 남게 마련이다.

"후우."

강철이 작게 한숨을 내쉰 직후였다.

《보상은 그냥 받아 둬도 좋을 거 같군.》

강철은 의아한 눈으로 스피츠를 바라봤다.

"무슨 말이지?"

《자네에게 준 보상을 거둬 간들, 나에게 무슨 득이 되겠나.》

"그쪽을 속인 거나 다름없는데도 괜찮다고?"

《끝까지 속일 수도 있던 걸 끝내 고백하지 않았는가.》

이건 좀 예상 밖이라서 강철은 눈을 가늘게 떴다.

"난 아마 똑같은 말을 개발자한테 가서도 할 거야."

《뭐라고 할 텐가?》

"개발자가 부탁한 걸 스피츠에게 털어놓고 말았다고 말해야겠지?"

아마 송재균은 지금 이 장면을 보고 있을 거다.

그래서 이 사실을 알고 있다고 한들, 직접 가서 다시 말하는 게 예의다.

인간적인 교감이 있었다면 그 정도는 당연한 일이다.

《재미있는 태도군.》

"재미? 나는 하나도 없다."

《자네에 대한 감정은 변함이 없네. 속마음을 털어놔서 고마울 정도일세. 오히려 신뢰감이 더 생겼다고 하는 게 맞겠지.》

"그럼 아리엘의 선생이 되어 주는 데는 변함이 없다, 이 말이지?"

《자네에게 주었던 보상, 앞으로 예정된 퀘스트 모두 그대로 진행하였으면 싶군.》

속을 알 수 없는 녀석이다.

이러니까 송재균이 놈의 속내를 알고 싶어 안달이 났는지도 모르겠다.

하여간 강철은 스피츠에게 신세를 진 꼴이 되어 버려서, 난감할 따름이었다.

'언젠가 갚을 날이 왔으면 좋겠구만.'

강철이 입맛을 다실 때였다.

《자네에게 예정된 훈련도 그대로 진행하겠네.》

"난 개발자를 만나고 올 거라니까?"

《그럼 다시 돌아왔을 때, 바로 폭룡 로저스의 레어에서 시작하게 해 주지.》

그럼 고맙지, 뭐.

《이만, 나는 인간 마법사와 훈련을 하러 아공간에 가야겠군.》

놈은 그 말을 남기고는,

푸슛!

이곳에서 사라져 버렸다.

사막 한가운데 홀로 남은 강철은 깊게 파인 모래 자국을 한동안 더 들여다보았다.

⇗

슈우웅!

캡슐 뚜껑이 열리고 고개를 들었을 때, 송재균이 앞에 있었다. 역시나 스피츠와의 대화를 보고 있었던 모양이다.

강철은 깊게 한숨을 내쉬고는 얼른 캡슐을 빠져나왔다.

송재균의 표정은 그다지 나쁘지 않았다.

도리어 좀 담담한 얼굴이랄까.

"미안합니다, 개발자님."

강철의 말에 송재균은 고개를 저었다.

"아뇨, 미안해하실 필요 없습니다. 정말입니다."

아무리 그래도 약속을 어긴 셈이다.

그러나,

"스피츠에게 그 사실을 털어놓았다고, 고백하시려는 거 맞습니까?"

"예."

"강철 씨는 지나치게 솔직하십니다. 제가 다 죄송할 정도로요."

"갑자기 그게 무슨 말이죠?"

"저는 스피츠에 대한 정보가 왜 필요한지, 강철 씨에게 온전히 설명하지 못했습니다."

그는 무거운 목소리로 말을 이었다.

"아무런 설명도 않은 저와 달리, 강철 씨는 신뢰 관계에 흠결이 생길 거 같자 당장 달려오신 겁니다."

미안하다고 말을 하러 왔더니, 도리어 상대방이 고개를 숙이는 상황이었다.

"저는 강철 씨에게 숨기는 것을 당연하게 여겼고, 강철 씨는 숨기는 게 생기자 괴로워진 겁니다. 그 차이입니다."

이럴 땐 어떻게 해야 되지?

둘은 한동안 서로를 바라봤다.

주변 공기마저 무거워진 순간, 역시나 먼저 입을 연 건 강철이었다.

"개발자님 생각이 그러시더라도, 제가 죄송해야 하는 건 변함이 없으니까요."

강철이 다시금 사과의 뜻을 표했을 때 송재균이 다가왔다.

"스피츠와 강철 씨가 조우한 이후, 저희가 염려했던 일은 벌어지지 않았습니다. 오히려 안정화됐다고 보는 게 맞을 정도지요."

그게 무슨 말인지 알 길이 없었다. 강철은.

"어쨌거나 저의 미숙함 때문에 벌어진 일입니다. 그에 대한 해결 방법을 강철 씨에게서 찾는 거부터가 죄송스런 일이었습니다."

어떤 문제가 있었고, 그 키를 스피츠가 쥐고 있다는 거 정도만 눈치껏 짐작하는 정도였다.

어쨌거나 송재균이 곤란해하는 거 같으니 더는 궁금해하지 않을 뿐이었다.

"앞으로 강철 씨가 마왕에만 집중할 수 있도록 환경을 조성해 드리겠습니다."

이러려고 온 게 아닌데.

"강철 씨에게 약속드렸던 부분, 가령 급여 지급 방식이나 기타 여러 사항들은 그대로 보장해 드리도록 하겠습니다. 염려치 않으셔도 됩니다."

미안하단 말을 하려고 와 놓고, 자꾸만 뭘 받아 가는 느낌이다.

"저도 강철 씨에게 미처 말씀드리지 못했던 부분이 있었다고 고백한 셈이니, 서로가 서로의 잘못을 감싸 주는 선에서 마무리된다면 정말 감사하겠습니다."

"그렇게 말씀해 주시니 저도 감사하네요."

강철의 말에 송재균은 옅은 미소를 그려 보였다.

"그럼 이만 가 보겠습니다."

송재균이 인사를 했고, 강철은 똑같이 고개를 숙였다.

자신의 방으론 돌아온 송재균은 김백준 팀장을 호출했다.

프로모션 때문에 한참 비상 상황인 때다. 통화한 지 2분도 되지 않아 노크 소리가 들렸다.

대꾸가 없었지만 상대는 문을 열고 들어왔다. 호출을 받았을 땐 꼭 그렇게 하라는 송재균의 당부 때문이었다.

"앉으시죠."

김백준이 테이블 앞에 놓인 의자를 빼서 앉았고, 송재균은 그 맞은편으로 향했다.

"스피츠와 관련된 일로 말씀드릴 게 있어서요."

그의 말에 김백준이 살짝 긴장한 표정으로 물었다.

"강철 씨와 스피츠가 만난 이후에는 더는 별문제가 없는 거 아니었습니까?"

"그게 우리가 잘해서 그런 건가요?"

순간 송재균의 눈이 싸늘해졌다. 김백준이 입을 꾹 다문 건 그 표정이 너무 낯설어서였다.

"강철 씨를 위한 특별 팀을 꾸려 주세요."

"예?"

"제한은 두지 않겠습니다. 오늘 중으로 팀원을 조직해서 보고해 주시면 됩니다."

"오, 오늘 중으로 말씀이십니까?"

"안 됩니까?"

"아닙니다."

송재균의 눈빛에 김백준은 얼른 고개를 숙였다가, 이건 꼭 물어봐야겠다는 듯 한마디를 덧붙였다.

"한데 무슨 일 때문에 그러시는 건지 여쭈어봐도 되겠습니까?"

"앞으로 스피츠에 관한 한 모든 일은 강철 씨에게 전적으로 의존할 겁니다."

"그게 무슨······."

김백준은 믿을 수 없다는 표정이었다.

"강철 씨를 그렇게 신뢰하셔도······."

"저는 온전히 신뢰합니다."

송재균이 너무도 단호하게 말을 해서 그는 말을 다 잇지 못했다.

"여태까지는 스피츠가 무슨 생각을 하는지 알아내기 위해 총력을 기울였습니다."

"아, 예."

"그 결과, 스피츠와는 팽팽한 긴장 관계를 유지할 수밖에 없었습니다."

김백준은 동의한다는 듯 고개를 끄덕였고, 송재균은 말을 이었다.

"대화를 거부한 건 스피츠 쪽이었으니, 그 수밖에 없었다고 해 두지요. 하지만 지금은 다릅니다. 그가 먼저 강철 씨와의 채널을 열어 둔 상황입니다."

"그렇다면 개발자님, 지금까지 고수해 온 방향 자체를 바꾸자는 말씀이십니까?"

"강철 씨와 스피츠의 관계 속에 무언가 해결책이 있을 겁니다. 앞으로는 스피츠의 생각을 분석하기 위해 허튼 노력을 기울이기보다, 마왕을 보좌하는 데 총력을 기울여 주십시오."

허튼 노력이란 말은 가혹했지만, 따지고 보면 정확한 표현이었다. 아무리 노력한들 최고의 인공지능과 두뇌 싸움을 할 수는 없어서였다.

"그럼 팀을 꾸린 뒤에, 강철 씨에게 오더를 내리면 되겠습니까? 스피츠와의 관계를 어떻게 이어 나가라든가."

"아뇨. 일절 터치하지 않습니다. 강철 씨가 무슨 일을 하든 저희는 보좌만 합니다."

"예?"

"모든 건 강철 씨의 뜻에 맡긴다는 뜻입니다."

"그랬다가 그가 스피츠에게 포섭이라도 되면……."

"말했잖습니까. 저는 강철 씨를 온전히 신뢰합니다."

김백준은 이게 대체 무슨 일인지 알 수 없었다.

그가 아는 바로는, 송재균이 결코 저런 말을 할 위인은 아니었다. 언제고 냉철하게 계산한 뒤에야 움직이는 게 송재균의 특징인데, 지금은 도박을 하듯 결정을 내리고 있다는 느낌이 강하게 들었다.

"모든 책임은 내가 지겠습니다."

지금의 말도 그랬다.

"개발자님께서 그렇게까지 말씀하신다면……."

김백준은 의아했지만 일단 고개를 끄덕였다.

어찌 됐건 게임 판에서 송재균 하면 신화적인 존재였다. 그런 인물이 저토록 확신에 차서 하는 말이라면 일단 믿어 주는 수밖에 도리가 없는 거다.

"그럼 오늘 중으로 팀원을 확정해서 보고드리겠습니다."

"부탁합니다."

김백준은 꾸벅 고개를 숙이고는 송재균의 방을 빠져나왔다.

테이블에서 일어난 송재균은 다시 본인의 자리로 향했다.

그는 내려온 앞머리를 천천히 쓸어 넘기며 모니터를 바라봤다.

화면은 역시나 강철을 비추고 있었다. 스피츠가 준비한 훈련을 감당하기 위해 폭룡 로저스의 레어를 걷는 중이었다.

송재균은 그 모습을 보며 혼자 생각에 잠겼다.

스피츠를 적대 관계에 두지 않는 건 강철이 없다면 생각도 못했을 해결 방법이다.

여태껏 총칼을 겨누기 바빴다면 이제는 대화라는 옵션이 추가된 셈이다.

하지만 그마저도 강철에 대한 확신이 없다면 불가능한 일이었다.

'당신이 어떤 사람인지 알았다는 게 가장 큰 소득이군요.'

송재균은 이번 일을 통해 강철이란 사람을 조금은 더 알게 된 기분이었다.

철저히 돈으로 움직이는 듯하지만, 돈 때문에 신의까지 저버리는 사람은 아니다.

상대와의 신뢰를 위해 먼저 미안하단 말을 꺼낼 줄 아는 사람이다.

 미안하단 말 때문에 잃을 수 있는 게 뭔지 분명히 알고서도 끝내 그 말을 던진 거다. 강철은.

 그래. 그런 남자라면 한번 걸어 볼 만하지 않은가?

 이게 잘못돼서 고꾸라진다고 해도, 그래서 모든 책임을 지고 깔끔하게 옷을 벗어야 한다고 하더라도.

 이왕 이렇게 된 거라면 제대로 달려 봐도 좋지 않을까?

 '강철 씨, 끝까지 밀어줄 테니까, 어디 갈 데까지 한번 가 보세요.'

 모니터에 고정된 송재균의 눈이 더없이 결의에 차 있었다.

[로그인이 완료되었습니다.]

"에효!"

하여간 게임 외적인 일은 얼추 정리했다.

이젠 게임에 집중하는 게 맞다.

아리엘은 지금도 훈련에 매진하고 있을 테니까.

'스피츠가 폭룡의 레어로 보내 준다고는 했는데?'

주위를 두리번거리던 강철은 눅눅한 습기에 이내 인상

을 찌푸렸다.

오죽하면 천장에서 물이 한 방울씩 떨어지고 있었다.

희미한 빛이 머리 위를 비추고는 있는데, 그게 너무 희미해서 강철은 화염방사기처럼 불을 뿜어 대야 했다. 입에서 불이 나올 때면 주변이 환히 밝아지는 까닭이었다.

딱 봐도 동굴 같은 곳이었다.

드래곤 하나가 고개를 치켜들어도 충분할 정도로 천장이 높다 뿐이지, 곳곳에 솟아오른 돌이나 모빌처럼 천장에 매달린 돌을 보고 있자면 동굴이 딱 맞는 듯했다.

'짬밥이 안 되나. 왜 이런 데서 사는 거야, 그 용 놈은?'

드래곤 찾는다고 낭비하는 시간이 아까워서 강철은 얼른 날개부터 폈다.

프로모션 제대로 뛰어서 빚부터 갚는 거다.

그다음에는 저축도 해 보고, 사고 싶은 것도 좀 사고!

그러려면 일단 용가리부터 좀 때려잡아야지!

촤악! 촤악!

강철은 각오를 다지며 날갯짓을 계속했다.

안으로 들어갈수록 공기가 차가워졌다.

천장에서 떨어지던 물방울은 고드름이 되어 있었는데, 그것들이 땅을 겨누고 있는 창처럼 보일 정도였다.

입김이 뻗어 나왔다 사라지기를 몇 번이고 반복할 무렵이었다.

동굴 한복판, 어디서 오는지 모를 빛이 쏟아졌다.

바로 그곳에 몸이 얼음으로 뒤덮인 사람 하나가 보였다.

자세히 보니 푸른색 로브를 그럴듯하게 걸치고 있는 리치가 분명했다.

놈은 강철을 발견했는지 냉기가 뿜어져 나오는 손을 허공에 치켜들었다.

레어를 찾은 모험가들이 드래곤에게 당해 리치가 되었다는 설정쯤은 흔한 거니까.

별 대단할 게 없어 보여서 얼른 사이드를 움켜쥐려는 그때였다.

띠링!

[리치를 발견하였습니다.]

[하급 어둠의 결정을 드롭합니다.]

[어둠의 결정은 계약자 '스미든(어둠의 강화사)'이 스킬을 발동할 시 강화의 재료로 쓰일 수 있습니다.]

[어둠의 결정은 양도가 가능합니다.]

스미든과 계약을 체결해서 그런지 전에 없던 메시지가 떠올랐다.

그러니까 저놈을 잡으면 어둠의 결정을 주는데, 그게 스미든한테 양도까지 가능하다는 거지?

'그럼 저거 잔뜩 모아다가 레전드리 템 강화하면 된다는 거잖아?'

퍼엉!

리치가 얼음 마법을 뿜어냈으나, 강철은 그보다 빠른 속도로 날아들어서는,

뎅- 겅!

냅다 놈의 목을 베어 버렸다. 그러자 뒤로 넘어가 버린 놈은 잠시 뒤 연기가 되어 사라지고 말았다.

별 볼 일 없는 실력답게,

[하급 어둠의 결정을 획득하셨습니다.]

보상도 딱히 별거 없었다.

강철은 즉시 스미든에게 귓말을 날렸다.

「영감, 지금부터 어둠의 결정을 꽤 얻을 거 같거든?」

「웅? 그게 무슨 말인가?」

「설명하자면 길고, 얼른 숙련도나 올려줘. 3일 뒤에 강화 한번 제대로 할 수 있게.」

「지금 베인이랑 어둠의 결정을 구하러 떠나려던 참이었는데…….」

「됐고, 영감은 망치질이나 연습하고 있어. 결정은 내가 얻어서 갈 테니까.」

「마왕이 그래 준다면 나야 고맙지!」

도리어 고마운 건 강철이다.

강화를 한다 해도, 어쨌거나 스피츠의 보주에 할 게 분명했기 때문이다.

'폭룡이란 놈 잡으면 대체 얼마나 줄까?'

강철은 묘한 미소를 드리우며 동굴 안으로 날갯짓을 계속했다.

제7장

빚을 쥔 그때만큼은 바라지도 않으니까

렙업하는 마왕님

'드래곤 레어에 얹혀사는 놈들이 왜 이리 많아?'

코볼트만 50마리쯤 죽였는데, 허접한 놈들이라 그런지 어둠의 결정은 나오지 않았다.

촤악! 촤악!

점점 좁아지는 길목으로 수문장처럼 떡하니 버티고 서 있는 사내가 보였다.

갑옷 상하의가 따로 떨어져 있었는데, 그 사이를 파란색 아우라가 채우고 있었다.

투구에 쏙 들어 있는 해골 안도 파란 빛깔로 가득 찬 채였다.

띠링!

[데스나이트를 발견하였습니다.]

[중급 어둠의 결정을 드롭합니다.]

오오! 중급이다!

데스나이트가 중급을 뱉는 거면 발록은 상급, 드래곤은 최상급을 준다고 봐도 됐다.

생각만으로도 흐뭇했던 강철은 날개를 접어서는 놈에게 내리꽂히듯 날아갔다.

《폭룡에게 충성을 다하라.》

"지랄!"

강철은 망설임 없이 헛소리를 지껄이는 놈의 투구에다 머리를 들이받았다. 그 즉시 놈의 목이 꺾였고, 해골과 투구가 바닥에 떨어져 버렸다.

대충 봐도 머리가 떨어져 나간 꼴인데 몸통이 용케도 움직였다.

보이지도 않을 텐데 놈은 검을 들고서는 허공에다 휘둘렀다. 그래도 기세 자체는 매서워서, 일단 피하고 보는 것이 좋았다.

뎅겅! 뎅겅!

검을 피한 강철은 그 즉시 팔 두 짝을 썰어 버렸다. 놀라운 건 그 와중에도 몸통이 강철에게 달려왔다는 거다.

어떻게 알고 오는 건가 싶었더니, 바닥에 나동그라진 해골이 강철을 향한 상태였다.

《폭룡 로저스 님을 받들어라!》

강철은 일단 놈의 머리를 썰어 버렸다. 정확히 두 동강이 나 버렸는데도, 두 발 달린 몸통은 꾸역꾸역 강철에게 달려오고 있었다.

뎅겅! 뎅겅!

이번엔 두 다리였다. 그러자 홀로 남은 몸통은 물 위로 뛰어 오르는 생선처럼 제자리를 펄쩍펄쩍 뛰었다.

뭘 어떻게 해 달라고?

강철이 혹시나 싶어 놈의 몸을 반으로 그었건만, 그대로 쪼개지기만 할 뿐 여전히 꾸물꾸물 움직여 댔다.

아까 보이던 파란색 아우라도 잘린 부위마다 골고루 퍼진 채여서, 뭐가 본체다 딱히 말하기도 애매한 상황이었다.

이왕 썰어 버린 거, 그냥 가루가 될 때까지 부숴 줘야겠다고 다짐할 때였다.

쿠- 웅!

멀리서 소리가 들려왔다.

발소리인 모양인데,

띠링!

익숙한 시스템 알림음이 동시에 터져 나왔다.

[폭룡 '로저스'를 발견하였습니다.]

[마왕의 권능으로 복종시킬 시 최상급 어둠의 결정을 보상받을 수 있습니다.]

아! 스피츠가 말하길, 수하로 만들 수 있다고 했다.

폭룡이라기에 완전히 미친놈인 줄 알았더니, 점잖게 생긴 아이스 드래곤이었다.

얼음을 비늘처럼 두르고 있다는 것만 빼면 외형 자체는 평범한 편이었다.

놈은 강철을 발견한 듯 이쪽으로 다가오고 있었는데, 놈이 가까워지는 만큼 어마어마한 한기도 덤벼드는 느낌이었다.

그오오오!

그럴수록 바닥에 널브러져 있던 데스나이트의 몸뚱이들이 이상한 소리와 함께 좌우로 흔들렸다.

그러고는 자석에 들러붙는 철가루처럼 몸통을 중심으로 모든 부위들이 한데 뭉치기 시작했다.

결국 푸른빛 아우라와 함께 우뚝 선 데스나이트는 바로,

《폭룡 로저스 님을 위하여!》

충성심이 가득 담긴 멘트를 토해 내곤 후다닥 강철에게 달려들었다.

어쩐지 이상하게 끈질기다 싶더니만, 로저스란 놈의 지배를 받고 있었던 모양이었다.

강철은 놈의 공격쯤 한 손으로 막아 주면서 로저스를 살폈다. 그간 마주한 드래곤보다 꽤 작아 보이는 녀석은 강철을 마주한 순간 다짜고짜 입부터 쩍 벌렸다.

콰아아아!

프로스트 브레스였다.

탓!

강철은 고민할 겨를도 없이 옆으로 몸을 날렸다. 그러자 그때까지도 로저스의 영광을 위하여 칼질을 이어 가던 데스나이트만 애꿎은 얼음덩이가 되고 말았다.

프로스트 브레스를 정통으로 맞은 덕분이었다.

'더럽게 춥네!'

가까스로 피했는데도 오소소 소름이 돋을 정도로 한기가 느껴졌다.

《폭… 료… 옹.》

얼음을 뒤집어쓴 채로 몇 마디 더 하려던 데스나이트의 말이 흐릿해졌다.

어쨌거나 팔다리 다 잘리고도 팔짝팔짝 뛰던 놈이 꼼짝 못할 정도의 위력이라 이거다.

그래도 어쩌겠냐. 널 잡으면 레벨이 150이나 오른다는데.

일단 붙자! 먼저 휘두르고 생각해 보자!

강철은 늘 그랬듯 몸부터 날렸다.

거대한 돌산과 나란히 스피츠가 있었고, 그 아래로 아리엘이 서 있었다.

드래곤 여섯 마리가 느닷없이 튀어나왔던 그곳이었는데, 끝없이 펼쳐진 평야 덕분에 마법 수련을 하기엔 딱 좋은 장소였다.

《인간 마법사여.》

"아리엘이라고 해요."

이름을 몰라서 그렇게 부르는 게 아님을 알면서도 그녀는 굳이 제 이름을 말해 주었다.

그것은 일종의 각오를 보여 주는 행위나 다름없었다.

《준비는 됐겠지?》

레비아탄에게 퀘스트를 받을 만큼 꽤나 인정도 받고, 친밀도도 쌓았던 그녀다.

하지만 그런 레비아탄조차 그녀에게 마법을 가르쳐 준다는 말 따윈 하지 않았다.

마법에 있어서만큼은 오만하리만치 자신감이 넘치는 드래곤 고유의 성품 덕분이었다.

《원하는 기술은?》

그런 드래곤이 묻는 거다.

기분이 묘했지만, 그런 마음과 별개로 아리엘은 당당히 입을 열었다.

"HP 계수가 붙은 마법이 필요해요."

《마왕이 말 안 해 주던가? 그러한 마법들은 충분하다고?》

블러드 메이지로 전직한 직후였을 거다. 스킬 창을 띄워 놨는데, 마왕이 HP 계수가 붙은 마법만 투자해도 충분하다고 조언해 준 기억이 떠올랐다.

스피츠는 별다른 말 대신 허공에 시선을 두었다.

그러고는 입을 쩍 벌린 채로,

콰아아아!

브레스를 폭발시켰다.

거대한 불기둥이 엄청난 기세로 뿜어져 나왔다.

아리엘은 멍해져서는 그 모습을 바라봤다.

그간 브레스를 꽤 많이 봤다고 자부하지만, 그중에서도 단연 압도적인 위력이었다.

놈이 불줄기를 뿜어 대는 동안에는 정말 하늘이 불타는 것 같다는 생각이 들 정도였다.

이윽고 잠잠해진 놈은 입을 다물고는 아리엘에게 고개를 돌렸다.

《내게 다른 마법이 필요해 보이나?》

저 정도 위력의 브레스를 갖고 있다면 다른 마법 따위 사용할 기회도 없을 거다.

"하나라도 제대로 된 걸 갖는 게 중요하다, 이 말인가요?"

《답은 알아서 내리도록.》

기본적으로 스피츠는 불친절했다.

마왕이 아니었다면 말조차 섞지 않았을 거라고 온몸으로

말하고 있는 듯했다.

그러나 아리엘은 이런 태도에 기분 상하지 않았다.

오히려 그런 성정의 스피츠가 꾸역꾸역 마법에 관한 말을 이어 나간다는 사실 자체에 주목했다.

"그럼 저에게 가장 중요한 건 피통을 늘리는 일이네요. 제 모든 스킬엔 HP 계수가 붙어 있으니까요."

《바보는 아니로군.》

스피츠는 그녀의 머리 위로 손을 가져갔다. 그러자 손에서 도넛 모양의 고리가 생기더니 그녀에게 내려왔다.

하나, 둘, 바닥부터 켜켜이 쌓인 고리가 그녀의 시야를 덮어 머리까지 차올랐을 때였다.

꽈악!

스피츠가 손을 그러쥐자 아리엘을 둘러싸던 고리들이 이내 그녀의 몸으로 흡수되기 시작했다.

그리고 놀라운 일이 벌어졌다. 한순간에 아리엘의 피통이 커지기 시작했다.

사제나 성기사의 버프 덕분에 20퍼센트가량 증가하는 경우도 있지만, 그것과는 비교도 안 될 정도의 차이였다.

그것을 증명이라도 하듯 고리가 모두 흡수되었을 때, 아리엘의 피통이 4만을 넘어 있었다.

그것도 게이지가 풀로 찬 피통이 말이다.

"…어어?"

예상치 못한 변화였다.

물론 아리엘의 시야 오른쪽 상단에 90이란 숫자가 적혀 있었고, 89, 88, 87… 숫자가 자꾸만 줄고 있는 것이 보이긴 했다. 아무래도 90초짜리 버프인 모양이었다.

영구적으로 증가하는 게 아니라는 것 자체는 아쉬움이 남았지만, 이 정도만 되어도 성을 가득 채운 적들을 단 하나의 마법으로 몰살시킬 자신이 들 정도였다.

아리엘은 스태프를 번쩍 들어 올렸다. 피통이 4만일 때 마법의 위력이 어떤지 직접 확인하고 싶어서였다.

"하아아앗!"

그녀의 기합이 떨어지기가 무섭게,

두둥!

스태프 위로 화염을 뒤집어쓴 운석이 생겨났다.

블러드 메이지로 전직하기 이전부터 수도 없이 써 온 터라, 아리엘의 밥줄이나 마찬가지인 마법이었다.

아리엘은 고개를 들어 운석의 크기를 가늠해 보았다.

레비아탄의 스태프를 들고 있을 때와 비교해도 월등히 거대한 크기였다.

아리엘은 그것을 최대한 멀리 날려 보았다.

콰과과과! 쿠웅!

무슨 미사일이라도 떨어진 것처럼 돌산보다 높게 흙먼지가 피어올랐고, 그 아래로 지름 100미터쯤 되는 구덩이가 생겨 버렸다.

아리엘은 꿀꺽 침을 삼켰다.

이 스킬을 배울 수 있다면 마왕에게 어떤 식으로든 도움이 될 수 있을 거다.

《부푼 꿈을 안고 있는 듯하군.》

잠자코 있던 스피츠가 아리엘을 비웃듯 던진 말이었다.

《인간이 드래곤의 기준을 마법으로 넘어설 수 있을까?》

NPC에게 이런 대접을 받아야 하나?

아리엘이 힐끔 스피츠를 바라보았다. 그러면서 그녀는 강철을 떠올렸다.

그가 인정한 NPC다. 그리고 그가 있었다면 이럴 때 귓말 하나로 뚝딱 정답을 내놓았을 게 분명했다.

다 좋다.

그러나 이번만큼은 꼭 직접 해내고 싶어서 아리엘은 이를 굳게 물었다.

'마왕을 위한 일이니까, 도움 없이, 내 힘으로 해낼 거야.'

그녀는 각오를 다지듯 스태프를 말아 쥐었다.

쐐애애액!

시원하게 날아갔던 사이드가,

텅!

그보다 더 시원하게 튕겨져 나왔다.

염병할!

언제 한 번 시원하게 썰어 보냐?

그래도 강철이다. 카이얀에서 최강이었던 남자.

이럴 때 어떻게 해야 이길 수 있는지, 척 보면 답 나왔다.

'지금이 딱 브레스 타이밍이다. 일단 튀고 보자.'

강철의 생각이 떨어지기가 무섭게,

콰아아아!

폭룡이 프로스트 브레스를 뿜어냈다.

예상을 했는데도 강철은 어깻죽지가 저릴 정도로 날갯짓을 해서야 겨우 피했다.

강철이 약해서가 아니다.

'저 새낀 뭐 저렇게 센 거야?'

일단 날갯짓을 해서 놈과 최대한 멀어진 강철이다.

크아오!

그러나 놈은 조금의 틈도 없이 달려들었고, 그래서 강철은 또 꽁지 빠지게 도망쳐야 했다.

놈은 온몸이 얼음으로 덮여 있어서, 등줄기에 전해지는 한기만으로도 얼마나 따라잡혔는지 알 수 있었다.

날갯짓이 점점 느려지는 걸 보니 턱밑까지 추격당한 모양이다.

강철은 일단 바닥을 향해 직각으로 방향을 꺾었다. 놈은 같이 방향을 트는 대신 얼음 기둥을 뱉어 냈다.

그래도 거기까지는 예상한 덕분에 다시 직각으로 몸을 돌려 드래곤의 반대쪽으로 튀어 나갈 수 있었다.

쐐애액!

스피츠가 준 보주의 각성 스킬이 쿨타임인 지금, 놈을 상대하려면 딱 한 가지 방법밖에 없었다.

사이드 대신 빛을 쥔 것 같던, 그때 그 느낌을 재현해야 한다.

크아아아!

놈이 다시금 브레스를 뿜었고, 강철은 점프를 하여 피했지만,

촤아악!

강철이 피하는 곳으로 꼬리가 벌써 마중을 타온 터였다.

퍼억!

복부를 강타당한 강철은 그대로 바닥에 패대기쳐졌다.

한 대 맞았을 뿐인데 피가 천이 넘게 까였다.

마법에 당한 것도 아니고, 그냥 꼬리에 한 대 맞은 건데도 말이다.

"쿨럭!"

강철은 사이드를 지팡이 삼아 일단 몸을 일으켰다. 놈이 공격을 해 올 게 분명하다고 여긴 탓이었다.

과연 놈이 발을 번쩍 들어 강철이 있던 곳을 내리찍었다. 거대한 발자국이 생겼지만, 그의 흔적은 보이지 않았다.

 어떻게든 먼저 일어나 미리 준비한 덕분에 공격 직전에나마 옆으로 몸을 피할 수 있던 거였다.

 "후우, 후우."

 강철은 숨을 몰아쉬었다. 온몸에 긴장을 한 상태로 도망만 다녔으니 체력이 떨어질 법도 했다.

 그러거나 말거나,

 꽈악!

 놈이 주먹을 움켜쥐자 얼음 결정들이 하늘에서 쏟아져 내렸다.

 강철은 비처럼 쏟아지는 얼음을 어떻게든 피했지만,

 촤아악! 퍽!

 아이스 마법의 둔화 효과 덕에 다시금 꼬리에 맞아 널브러지고 말았다.

 이 정도쯤 되면 이기기 쉽지 않다는 거 누구보다 강철이 더 잘 알았다.

 하지만 싸워야지 어쩌겠는가.

 전투 스킬은 이렇게 처절한 싸움을 통해 얻을 수 있다는 걸 강철은 이미 경험으로 알고 있었다.

 "퉤!"

 입에 가득 찬 피를 뱉어 낸 강철은 드래곤을 노려봤다.

무언가 간질간질한 기운이 강철의 몸에서 뛰어다니는 느낌이었다.

명확하지는 않았다. 아리엘의 스태프가 부서진 직후였던 거 같기도 하고, 아니면 스미든과 함께 강화를 한 이후에 일어난 일인 것도 같았다.

상관없다. 그것이 뭐든 간에 지금은 그 기운에 걸어 보는 수밖에 없는 거다.

크아오!

바로 그때, 폭룡 로저스가 입을 쩍 벌린 채로 강철을 향해 날아들었다.

※

강철이 몸 안의 기운을 힘으로 뽑아내려 애쓰는 순간이었다.

휘이이익!

느닷없이 강철을 둘러싸는 것처럼 커다란 원이 생겨났고,

콰가가강!

그 원을 따라 얼음 기둥이 솟아올랐다.

데미지를 준다기보다는 강철의 행동을 묶어 두려는 것처럼 보였다.

콰아아아!

그리고 높은 곳에 있던 폭룡이 강철을 향해 떨어져 내렸다.

3층 높이의 건물쯤 되는 놈이 달려든다고 생각해 봐라.

놈의 날갯짓에 데스나이트가 갇혀 있던 얼음 덩어리들이 날아가 산산조각 날 정도였다.

[데스나이트를 처치하였습니다.]

[중급 어둠의 결정을 획득하셨습니다.]

공헌도를 인정받은 모양이었다.

덕분에 어둠의 결정을 획득하긴 했는데,

'염병할! 지금 그게 중요한 게 아니잖아!'

강철은 우선 몸 주위로 솟아오른 얼음 기둥을 향해 사이드를 휘둘렀다.

쉐에에에엑!

단숨에 얼음 기둥의 중간을 갈라 버린 강철은,

퍼억!

폭룡 로저스를 향해 잘린 얼음의 위쪽을 힘껏 걷어찼다.

콰아아악!

놈은 얼음쯤 상관도 없다는 투였다.

파아아악!

실제로도 로저스는 얼음 덩어리를 머리로 부수며 일직선으로 강철을 향해 떨어졌다.

'지금!'

강철은 이를 악물며 몸을 솟구쳤다.

부서진 얼음 조각들이 로저스의 시야를 가리는 짧은 틈을 노린 거였다.

'빛을 켠 것처럼!'

쐐애액!

강철은 놈의 왼쪽 다리를 노리고 사이드를 힘껏 휘둘렀다.

스가아악!

놈의 발에 기다란 선이 피어났다.

좀 전에 턱도 없이 튕겨져 나갔을 때보다야 쬐끔 더 데미지를 주긴 한 거다.

딱 거기까지였다.

강철이 한 대 때렸으니 이번엔 드래곤의 턴이다.

콰아아아!

놈은 분노한 것처럼 당연하게 브레스를 뿜었고,

촤악!

강철이 몸을 피하는 방향으로 꼬리를 휘둘렀으며,

투웅!

놀란 강철이 몸을 뒤트는 곳을 향해 얼음 창을 쏘았다.

"꼼꼼한 새끼!"

두 번의 공격은 피했으나, 강철도 마지막 얼음 창은 답이 안 나왔다.

막말로 이 정도 레벨 차이에서 이렇게까지 피한 것도 기적 같은 일이었다.

얼음 창은 강철의 심장으로 바로 날아들었다.

'이익!'

강철은 있는 힘을 다해 몸을 비틀었다.

퍽!

그리고 심장으로 날아온 얼음 창이 왼쪽 어깨에 꽂혔다.

"으윽!"

뒤로 나동그라졌던 강철은 어깨를 부여잡고 얼른 일어났다.

레전드리 템도 꼈는데, 그것도 +2강인데!

"역시 레벨이 깡패구만……."

거친 숨을 몰아쉬며 강철은 피통을 확인했다.

HP 1,700.

어지간한 거 한 방이면 일단 뒈진다고 보는 게 맞았다.

콰아아아!

기회를 놓치지 않겠다는 것처럼 로저스는 브레스를 앞세우며 달려들었다.

속도는 당연하게 놈이 더 빠르다.

그러니 저런 놈 앞에서 등을 보이고 도망가는 건 '나 죽여 줍쇼.' 하는 꼴이다.

강철은 빛을 쥔 거 같았던 그 느낌이 더욱 간절했다.

"그때는 도대체 뭔 지랄을 했기에 그게 나간 건데?"
답이 있을 리 없는 질문이었다.
젠장! 와라, 와!
어차피 튀어도 죽는 거면 사이드나 한 번 더 뻗어 보자며 강철은 눈을 부라렸다.

♤

똑똑!
예상치 못한 노크 소리에 송재균은 문을 향해 시선을 주었다.
강철을 제외한 대부분은 먼저 전화를 주고 찾아온다.
그렇다면 저 사람은 틀림없이……
"들어오시죠."
끼익-
"갑자기 찾아와서 미안합니다."
들어선 이는 역시나 천용진 부사장이었다.
예상했던 인물의 방문에 송재균은 굳은 얼굴로 자리에서 일어섰다.
"무슨 일이시죠?"
"우리 프로모션 하지 않습니까? 기막힌 아이디어가 떠올라서요."

"전화로 하셔도 될 텐데요?"

"회사의 명운이 걸린 일인데, 전화로 하기는 그렇잖습니까?"

며칠 전만 해도 바로 이 방에서 고래고래 소리를 질렀던 인간이다. 그런 인간이 저렇게 능글맞은 표정을 하고 찾아온 거라면, 그만큼 꿍꿍이를 마련해 왔다는 뜻이리라.

"앉아도 되겠죠?"

천용진의 뻔뻔한 요청에 송재균은 하는 수 없이 테이블로 움직일 수밖에 없었다.

"프로모션 때문에 오셨다고요?"

할 말이나 얼른 하고 돌아가라는 송재균의 말을 듣고도 천용진은 느긋했다.

"프로모션 내용은 어떻게? 똑같이 진행하는 겁니까?"

"무슨 말씀이시죠?"

"저번처럼 마왕이 유저들 있는 데로 넘어와서 치고받는 건가 해서요."

뻔뻔하게 말을 뱉은 천용진이 씩 웃고는 다시 입을 열었다.

"똑같은 프로모션을 반복해서 좋을 거 뭐 있겠습니까? 이번에는 유저들이 마왕성으로 넘어가는 게 낫지 않을까 싶어서요. 전 그편이 더 좋아 보이는데?"

프로모션 자체를 반대했던 인간이 천용진이다.

의장의 결정으로 2차 프로모션까지 결정 나자, 지금은 그 내용만이라도 자기 방식대로 바꾸고 싶은 모양이었다.

공을 가로채려면 그 수밖에 없는 상황이기도 했다.

"그 말은 업데이트 전에 마왕성을 열라는 말씀인데, 기술적으로 가능한지 검토가 필요합니다."

"바로 그 검토라는 걸 해 달라고 온 겁니다, 지금."

"어렵습니다. 아직은 불완전하고요."

"아직도 안 만드셨나? 다음 주가 오픈인데요? 여유가 넘치십니다?"

"개발은 완료됐습니다만, 업데이트 직전까지 테스트를 이어 갈 예정입니다."

"테스트를 해야 하는 단계면 완료라는 말은 쓰지 마셔야죠."

송재균은 천용진 부사장을 빤히 바라봤다. 그러고는 턱밑까지 차오른 시비 걸러 왔냐는 말을 꿀꺽 삼켰다.

"어차피 다음 주면 개방될 곳 아닙니까? 그저 먼저 맛이라도 보여 주자는 거고, 또 그렇게 해서 프로모션의 취지도 살리자는 겁니다."

"좋네요."

천용진의 눈에 욕심이 떠오른 직후였다.

"성공하면 부사장님 공이고, 실패하면 준비 못한 개발진 탓이 될 테니까 여러모로 좋으시겠네요."

그러나 대뜸 정곡을 찌르고 드는 송재균의 다음 말에 천용진은 바로 이를 악물었다.

"언짢으십니까? 저한테는 그렇게 들려서요."

원래 송재균의 성격이라면 결코 뱉을 수 없는 말들이었다.

그래서 송재균은 내심 놀라기도 했고, 어처구니없는 심정이기도 했다.

마치 강철이 된 기분이었다.

누구한테든 당당하던 강철의 모습이 매력적이라고 느끼긴 했지만, 지금처럼 그를 흉내 내듯이 말할 줄은 몰랐다.

송재균 본인도 놀라긴 했지만, 이왕 터진 입이다.

"부사장님이 어떤 의견을 내서 공을 세우시건 간에, 그건 강철 씨가 있기 때문에 가능한 일입니다. 한데 강철 씨를 모셔 온 사람이 누군가요? 누가 그 프로젝트를 진행했습니까?"

"말씀 참 섭하게 하십니다? 나는 뭐, 프로젝트가 망하길 바라는 사람입니까?"

"프로모션 이틀 전에 찾아오셔서 내용을 바꾸자고 하시는 건 우리 같은 개발자에게는 그런 의미로 들립니다. 부사장님이 누구보다 잘 아시잖습니까?"

"아니, 경영을 하다 보면 당일 아침에도 계획이 변경될 수 있는 거지. 막말로 개발진들의 능력이 부족한 걸, 왜 나한테 뭐라는 겁니까?"

송재균은 잠시 천용진을 바라보기만 했다.
개발진의 능력이 부족하다고?
그리고 그 순간에 거짓말처럼 당당하던 강철의 모습이 다시 떠올랐다.
"좋습니다. 우리 개발진의 실력을 보여 드리죠."
"그럼 내가 제안한 대로 진행하면 되겠네요."
천용진의 얼굴에 피어오른 탐욕을 빤히 바라보며 송재균이 나직하게 입을 열었다.
"마왕성에서 프로모션을 치른다 한들, 그 공이 부사장님께 돌아가진 않을 겁니다. 함께 노력한 후배들을 위해서라도 모든 박수는 저희 몫이 되도록 할 테니까요."
"제발 그러세요. 진심으로 응원하겠습니다."
"의장님께 보고는 제가 드리죠."
"그러셔야겠지요. 의장님이 계셔야 더 힘이 나는 송재균 개발자님 아니십니까?"
"그 말이 꼭 하고 싶으셨나 봅니다?"
더는 참을 수 없다는 것처럼 천용진의 미간이 일그러졌다.
"유선으로 보고를 드리려는데, 계속 계실 건가요?"
"허허! 우리 총괄 디렉터님 많이 변하셨네. 어디? 프로모션 날 어떤 결과가 나올지 지켜봅시다."
거기까지 말한 천용진이 자리에서 일어섰다.
쾅!

거칠게 문이 닫힌 뒤에 송재균은 커다랗게 숨을 내쉬었다.

"후우."

욕심만 부리지 않는다면 부사장도 꽤 감각이 있는 사람인 건 분명했다. 솔직히 동기가 불순해서 그렇지, 마왕성을 오픈한다는 콘셉트 자체도 나쁘지는 않았다.

2차 프로모션이다. 그러니 그 정도의 변화를 보이는 게 적당하기도 했다.

"후후."

송재균은 조용히 웃었다.

'개발진의 노력을 자기 공으로 돌리겠다는 수작을 두고 볼 수야 없지.'

송재균의 싸움이 시작된 꼴이었다.

어쩐지 자신이 자꾸만 강철을 닮아 가는 거 같다는 생각에 송재균은 또 한 번 씁쓸하게 웃었다.

꽈아아아!

강철이 원을 그리듯 돌며 놈의 뒤를 노렸고, 놈은 그걸 예상했었다는 듯 바로 꼬리를 휘둘렀다.

촤아! 쾅!

"젠장!"

강철은 악착같이 몸을 뒤틀어 놈의 꼬리를 피했다.

정말이지 겨우 피한 거였다.

으득!

강철이 이를 악물었을 때,

크르르릉!

폭룡 로저스가 음산한 소리를 토해 내곤 바로 강철에게 날아들었다.

강철은 기세에서 지지 않겠다는 듯 날개를 활짝 편 채로 놈을 향해 튀어 나갔다.

뒈질 때 뒈지더라도 도망질만 치는 쪽팔림은 사절이니까!

폭룡은 브레스를 뿌렸고, 강철은 놈의 시야를 벗어나기 위해 비행 방향을 위로 틀었다.

하지만 강철의 머리 바로 위에서 기다란 얼음 창이 비처럼 쏟아져 내렸다.

어디서, 어떻게 떨어지는 건지 생각할 틈은 없었다.

강철은 반사적으로 사이드를 휘둘렀다.

카가가가가각!

HP가 조금만 더 있었더라면 이까짓 얼음 창쯤 거뜬하게 맞아 주며 놈의 미간을 노렸을 텐데!

강철이 주춤하는 순간이었다. 폭룡이 고개를 쳐들고는 천장을 향해 브레스를 내뱉었다.

콰아아아!

냉기를 피하려면 원을 그리듯 날아야 하는 타이밍이었다.

"으윽!"

그런데 그 순간에 얼음 창 하나가 기어코 왼 팔뚝을 스치고 지나갔다.

HP 890.

스쳐서 이 정도였다. 제대로 맞았으면 바로 게임 끝이었을 거다.

브레스 피하랴, 날아드는 얼음 창 막으랴.

'무슨 일이 있어도 용 대가리 미간에 한 방 꽂는다, 내가!'

누가 봐도 정신이 없는 상황에서 놀랍게도 강철은 폭룡을 향해 날아들었다.

물수리가 물을 타듯 바닥에 낮게 깔린 비행이었다.

10미터.

콰아아!

뒤에서 얼음 창이 따라왔고,

슈슈슈슝!

왼쪽 옆에선 꼬리가,

촤아악!

눈앞으로는 브레스가 덮치는 상황이었다.

강철은 무식하게 계속 날았다.

삽시간에 폭룡과의 거리가 절반으로 줄어들었는데, 강철

은 정말이지 바닥에 가슴이 닿을 정도로 더욱 낮게 날았다.

콰아아아아!

그리고 브레스를 코앞에 둔 순간,

퍼드드득!

힘찬 날갯짓과 함께,

휘이익!

강철은 몸을 들어 위로 솟구쳤다.

'걸렸다!'

솟구치는 강철의 바로 밑으로 브레스가 흘렀고, 바로 눈앞에 폭룡의 미간이 있었다.

꾸욱!

그러나 제대로 한 방 날리겠다며 강철이 사이드를 그러쥐는데 왼팔이 말을 듣지 않았다.

"끄응!"

얼음 창에 스쳤던 왼팔이다. 팔목부터 팔꿈치까지 얼어붙은 모양이었다.

'젠장!'

강철은 몸을 비틀어 놈의 미간을 향해 떨어져 내렸다.

폭룡 로저스의 브레스는 무섭다.

HP 790.

HP 690.

냉기만으로 피가 뚝뚝 빠지는 게 그랬다.

하지만 지금은 그런 거 신경 쓸 때가 아니었다.

1미터!

강철은 놈의 미간을 향해 오른손만으로 사이드를 휘둘렀다.

빛을 쥔 그때만큼은 바라지도 않으니까,

쐐애액!

제대로 꽂아나 보자!

"뒈져라!"

쐐애애액! 푹!

결국 강철은 놈의 미간에다 사이드를 내리찍었다.

콰아아아아- 오!

분노에 찬 괴성과 함께 폭룡이 괴로운 듯 고개를 치켜들었다.

쿵! 쿠- 웅!

처음으로 폭룡이 뒷걸음질을 쳤고,

'이 기회 놓치면 답 없다!'

강철은 놈의 미간에 꽂힌 사이드를 뽑았다. 그 와중에도 폭룡의 꼬리가 강철을 노리고 날아들었지만,

쇄아!

확실히 충격을 받은 듯 훨씬 느려져 있었다.

강철은 그 즉시 위로 솟아올랐고, 놈의 꼬리가 강철의 발아래를 힘없이 갈랐다.

"뒈져라!"

도끼질하듯 강철이 놈의 머리에 사이드를 휘두른 순간,

화아아아!

강철의 온몸에서 눈부신 금빛이 쏟아져 나왔다.

제8장

나도 꼭 이겨 보고 싶습니다

렙업하는 마왕님

푸슛!
폭룡의 머리에 사이드를 정확히 꽂아 넣었다.
크아아아아-!
고통스러운 듯 폭룡이 입을 쩍 벌리며 비명을 쏟아 냈다.
쿠웅! 쿠웅!
비틀거리던 놈은,
콰아앙!
더는 버티지 못하고 뒤로 고꾸라져 버렸다.
폭룡의 머리에서 핏줄기가 줄줄 흘러나왔다.
크르르릉!
놈은 분한 듯 입을 벌렸지만 그뿐이었다.

이번에 뜬 데미지만 40만이다.

체력 스탯만 찍은 아리엘 피통이 2만쯤 되는데, 40만의 데미지를 띄운 거다.

레이드 보스몹인 폭룡이나 되니까 아직 숨을 꼴깍이고 있는 거지, 유저였으면 100퍼센트 죽고도 남았을 일격이었다.

강철은 바닥에 널브러진 폭룡에게 다가갔다.

이제 더는 그르렁거릴 힘도 없는지, 폭룡은 혀를 길게 늘어뜨린 채로 눈알만 겨우 굴려 댔다.

어쨌거나 숨통은 끊어야 한다.

강철이 사이드를 다시 치켜든 그때였다.

「그를 죽이지 말아 주게.」

메시지가 날아들었다.

누가 보낸 거야?

놀랍게도 발신자는 레비아탄이었다.

레비아탄? 스피츠가 말한 그 레비아탄?

「로저스를 죽이고 얻을 경험치와 보상도 동일하게 받을 수 있도록 해 주겠네.」

레비아탄이 갑자기 왜?

강철은 쓰러져 있는 폭룡 로저스를 바라봤다. 눈 감고 휘둘러도 죽일 수 있는 상황임은 분명했다.

「내가 왜 그래야 하지?」

「그래야 할 이유가 없으니, 이렇게 부탁하는 걸세.」

너무나 정중한 답이었다.

강철은 별다른 대꾸를 않는 대신, 치켜든 사이드도 휘두르지 않았다.

그래서일까?

「내가 곧 가겠네.」

레비아탄이 즉시 메시지를 보냈다. 그리고 그와 동시에,

푸슛!

사이드를 든 강철의 앞에서 기다란 선이 그어지고,

파바밧!

그 틈을 비집고 나온 것처럼 레비아탄이 모습을 드러냈다.

철갑 같은 피부에 가시를 두른 것처럼 뾰족한 비늘이 위압적으로 보였다.

로저스의 레어가 비좁아 보일 정도로 덩치까지 거대했으니, 외형으로만 보면 스피츠보다 더 대단할 지경이었다.

그런 레비아탄이 고개를 숙여 강철과 눈을 마주쳤다.

《그를 살려 줄 수 있겠나?》

솔직히 이건 좀 의아했다.

폭룡은 죽어도 리스폰되는 거 아닌가?

더구나 그렇게 살리고 싶으면 차라리 강철을 때려눕히면 되는 거 아니냔 말이다.

막말로 강철은 지금 빈사 상태나 마찬가지인데.

《내가 할 수 있는 건 부탁뿐일세.》

강철의 속을 읽은 것처럼 레비아탄이 먼저 답을 꺼내 들었다.

원수질 게 아니고서야 상대가 이쯤 하면 받아 주는 게 맞다.

강철은 인벤토리에다 사이드를 집어넣으며 입을 열었다.

"하나만 묻자."

《얼마든지 좋네.》

"아리엘의 스태프가 깨졌는데, 복원해 줄 수 있어?"

《모양이야 똑같이 만들어 줄 수 있지만, 전과 같은 힘을 발휘할 수는 없을 걸세.》

"왜?"

레비아탄은 손가락으로 강철의 몸을 가리켰다.

전투를 마쳤음에도 강철을 뒤덮은 금빛 기운이 여전히 남아 있었다.

"내가 뭐?"

《곧 알게 될 걸세.》

레비아탄은 말을 아꼈다.

거기다 대고 꼬치꼬치 묻는 것도 웃긴 거 같아서 강철은 레비아탄에게 등을 보였다.

"난 갈 테니까, 약속한 경험치랑 보상이나 꼭 챙겨 줘."

《로저스를 살려 둘 생각인가?》

"그렇게 해 달라며?"

레비아탄이면 스피츠 친구다.

스피츠의 배려로 받은 훈련인데, 그 정도 부탁도 안 들어주면 그게 사람이냐?

훈련 끝났으니 마법진 좀 그려 달라는 메시지를 스피츠에게 보낼 때였다.

띠링-!

[레전드리 퀘스트가 발생하였습니다.]

[레비아탄이 수여한 퀘스트입니다.]

느닷없이 떠오른 시스템 메시지에, 강철은 놀라 뒤를 돌아보았다.

※

"하아, 하아."

아리엘은 숨을 가쁘게 몰아쉬었다. 온몸이 식은땀으로 뒤덮인 그녀는 퀭한 눈으로 앞을 보았다.

그녀를 중심으로 수많은 몬스터들의 시체들이 널브러져 있었는데, 하나같이 마법에 당해 처참하게 박살 난 상태였다.

[처치한 몬스터 수 2,862/10,000]

[1만 킬을 달성할 시 '스피츠의 가호' 스킬을 획득하실 수 있습니다.]

문제는 쓰러뜨린 숫자보다 월등히 많은 놈들을 사냥해야 한다는 사실이었다.

블러드 메이지니까 흡혈만 제대로 하면 무한히 싸울 수 있는 거 아니냐고?

하지만 그것도 인간형 몬스터가 있을 때나 가능한 얘기다.

막말로 발록의 피가 강처럼 흘러도 아리엘에게는 전혀 도움 되지 않는 거였다.

"버틸 거야, 어떻게든."

상황이 어려울수록 그녀는 이를 악물며 스스로를 독려했다.

그럴 수밖에 없었다.

아리엘은 힐끔 위쪽으로 시선을 들었다. 돌산 위에서 옆으로 척 늘어진 스피츠가 보였다.

저 징그러운 드래곤에게 도움을 청할 수도 없는 노릇이다.

'이건 지금까지 내가 알던 게임이 아니야!'

아리엘은 짧게 고개를 저어서 떠오르는 의문을 털어 냈다.

지금은 어떻게 해서든 이 퀘스트를 완수하고 생각해 볼 문제였다. 다른 무엇보다 이 퀘스트를 부탁한 사람이 강철이기 때문이다.

HP 3,400.

있는 대로 버티면 5천 마리, 최선을 다하면 목표치의 절반은 잡을 수 있을지도 모른다.

하지만 이 상태로 흡혈을 할 수 없다면 이 퀘스트는 반드시 실패한다.

"후우."

그녀는 성난 파도처럼 몰려드는 몬스터들을 바라보며 스태프를 그러쥐었다.

돌산 위에 몸을 누인 스피츠는 제법 흥미롭다는 시선으로 아리엘을 내려다보았다.

NPC인 스피츠가 게임이 오픈한 이래 유저에게 퀘스트를 준 건 마왕이 처음이었다.

그가 달라고 한 것도 아니다. 그런데도 스피츠는 굳이 쥐여 주다시피 퀘스트를 넘겼다.

아리엘이 두 번째였다.

스피츠는 보유하고 있는 퀘스트 스크롤을 소환하여 눈앞에 펼쳤다.

총 3개였는데 각각 광룡 레비아탄, 암제 알다라, 명왕 네메시스라는 글귀가 스크롤에 떠 있었다.

순서에 상관없이 이어지는 연계 퀘스트다.

하나를 얻게 되면 자동으로 다음 단계의 퀘스트를 얻을 수 있는 시스템이라서, 이건 따로 떼어서 생각할 수 없는 퀘스트이기도 했다.

스피츠가 가만히 스크롤을 바라볼 때였다.

화악!

레비아탄의 이름이 적혔던 스크롤이 허공에 재를 남기며 불타 버렸다.

《드디어 시작했군.》

마침내 레비아탄이 움직였다.

'마왕이 레비아탄의 퀘스트를 수행한다면, 네메시스와 알다라의 연계 퀘스트까지 이어질 텐데……'

막대한 보상을 보게 된다면 절대 물러설 마왕이 아니다.

그렇게 된다면 네메시스와 알다라 또한 움직일 수밖에 없다.

여태껏 한 번도 퀘스트를 수여한 적 없던 네메시스와 알다라지만, 어찌겠는가.

스피츠가 판단한 마왕은, 어떻게든 그들을 들쑤셔 놓을 테고, 반드시 그들을 움직이게 만들 게 분명했다.

스피츠는 네메시스와 알다라의 이름이 적혀 있는 스크롤을 보며 의미심장한 미소를 그려 냈다.

"하아- 앗!"

돌산 아래에서 엄청난 숫자의 몬스터들을 상대하던 아리

엘의 고함이 들려왔다.

《호오-!》

스피츠는 모처럼 놀란 눈으로 유저인 아리엘에게 시선을 주었다.

'얼른 성장해라! 그래서 그에게 힘이 돼라!'

스피츠의 미소는 그런 의미처럼 보였다.

♪

[퀘스트가 발생하였습니다.]

[당신의 몸에 잠재된 힘을 스킬로 승화하십시오.]

[퀘스트 조건:1만 킬을 달성하라.]

[몬스터, 플레이어 상관없이 1만 킬을 달성할 시 퀘스트에 성공합니다.]

[퀘스트 보상:히든 스킬 '레비아탄의 권능' 개방.]

[퀘스트를 받으시겠습니까?]

레전드리 퀘스트다.

1만 킬을 달성하는 거, 히든 스킬 얻는 일에 비하면 결코 어려운 조건도 아닌 거다.

강철은 레비아탄을 보며 고개를 갸웃했다.

"이게 뭐지?"

《내 부탁을 들어준 것에 대한 보답일세.》

과연,

[레비아탄과의 친밀도가 상승하였습니다.]

[마왕에 대한 명성이 올라갑니다.]

놈의 말을 설명이라도 해 주듯 메시지가 떠올랐다.

"별 어려운 부탁도 아니었는데, 이렇게까지 해 주는 이유는?"

《자네가 베푼 선의에 대한 보답일세.》

"헛소리 말고."

그런 마음이 없진 않겠으나, 그게 다일 리는 없다.

강철이 단호하게 말하자 레비아탄은 잠시간 말이 없어졌다. 그러고는 곧,

《우린 당분간 얽혀 있을 수밖에 없는 사이일세.》

추상적인 말을 내뱉었다.

"뭐라는 거야?"

《무슨 의미인지 차차 알게 될 걸세.》

어렵게 말하는 건 드래곤의 종특인가?

그래도 퀘스트 꼬박꼬박 챙겨 주는 거 보면 밉지는 않다.

강철은 퀘스트 수락 버튼을 눌렀다.

그러자 퀘스트창으로 남들은 하나도 받기 힘들다는 레전드리 퀘스트가 두 개나 떡하니 자리하게 되었다.

하나는 스피츠, 다른 하나는 레비아탄이 준 것이었다.

'쓸데없이 퀘스트만 쌓이는 느낌인데?'

강철이 배부른 걱정을 한 직후였다.

"아리엘은 잘하고 있으려나?"

강철의 말에 레비아탄은 고개를 갸웃해 보였다.

☞

[5,938/10,000]

생각보다 오래 버텼다. 그러나,

HP 479.

마나 대신 피를 소모하는 블러드 메이지의 특성상, 저 정도 게이지로는 변변한 마법조차 쓸 수 없었다.

"하아, 하아."

아리엘은 가쁜 숨을 몰아쉬며 내달렸다.

도망친다고 뾰족한 수가 생기는 건 아니지만, 강철이 직접 구해 준 퀘스트다. 절대로 포기할 순 없었다.

촤- 악! 촤- 악!

가고일이 그녀의 머리 위를 날고 있었다.

혓바닥을 길게 늘어뜨린 채 그녀의 목덜미를 노리던 놈이, 발톱을 드러내며 저공비행을 하던 그때였다.

퍼억!

아리엘은 세차게 스태프를 휘둘러 놈의 머리를 돌려놓았다.

화아악!

그러자 놈에게서 피가 터져 나와서 아리엘의 얼굴을 잔뜩 적셨다.

"후하!"

유저 랭킹 1위 아리엘이다. 마법사라고 해도 무리에서 이탈한 가고일 정도야 어찌 해결할 실력은 되었다. 피를 뒤집어쓰는 것을 감수해야 하지만 말이다.

문제는 그다음이었다.

쿠웅! 쿠웅!

거대한 발소리와 함께 발록이 앞장섰고, 그보다 거대한 자이언트가 뒤따라 다가오고 있었다.

언데드며 골렘 따위는 발에 채이듯 했는데, 놈들 또한 아리엘을 압박해 오는 건 마찬가지였다.

인간형 몬스터가 있어야 흡혈을 할 텐데.

도무지 반격의 실마리를 찾을 길이 없었다.

'마왕이라면, 어떻게 했을까?'

포기하지 않았을 거다.

희망 따위 없다고 해도 멍하니 죽음을 기다릴 남자가 아니다, 그는.

쿵! 쿵!

몬스터들의 발소리가 어느덧 바로 뒤까지 따라붙어 있었다.

촤르륵!

돌아보지 않아도 발록이 채찍을 말아 쥐는 소리라는 것쯤 알았다.

그녀가 지금 가진 HP로는 기본 스킬인 백스텝과 이단 뛰기가 고작이었다.

쐐애액!

채찍이 날아드는 소리가 들리는 순간에, 아리엘은 즉시 뒤로 돌아서 백스텝을 사용했다.

HP 379.

아슬아슬하게 채찍을 벗어났다. 하지만 발록은 곧바로 채찍을 또다시 휘둘렀다.

발이 땅에 닿은 순간에 아리엘은 이단 뛰기 스킬을 발동했고,

HP 229.

백스텝의 반동을 이용해 허공에서 백 텀블링을 하듯 몸을 솟구쳤다.

쐐액! 촤악!

발록의 채찍이 허공을 가른 그 짧은 틈을 이용해 바닥에 내려선 그녀는 있는 힘껏 돌산 위로 달렸다.

쿵! 쿵!

잔뜩 약이 오른 발록이 그녀를 바짝 쫓았다.

도와달란 말 한마디면 마왕은 반드시 날아온다. 스피츠를

협박해서라도 반드시 나타날 거다.

귓말 한마디면 된다. 하지만 그녀는 귓말을 보내는 대신 이를 악물었다.

쐐애애애액!

발록의 채찍이 등 뒤로 날아들었고,

쿠웅! 쿠웅!

자이언트가 넘어지듯 아리엘을 향해 육탄 공격을 해 왔으며,

캬아악!

놀라운 기동력의 가고일 무리들이 발록과 자이언트를 비집고 날아들었다.

"하아아앗!"

아리엘은 슬라이딩을 하듯 미끄러졌다.

허벅지가 쓸리는 통증에,

HP 179.

피가 또 빠졌는데,

촤악!

발록의 채찍이 머리 위를 훑고 지나가는 통에, 그녀를 노리던 가고일들이 대신 나가떨어져 버렸다.

아리엘은 일어나서 다시 달렸다.

자이언트는 이 길의 끝에 스피츠가 있다는 것을 발견하고 주춤거렸지만, 뒤에서 밀려드는 몹들한테 등을 떠밀려,

쿵! 쿵!

억지로 걸음을 옮겼다.

기세 좋게 자이언트를 앞지르던 코볼트들이,

우직!

놈의 발에 밟혀 작살이 나 버렸다.

아리엘은 가까스로 자이언트의 발을 피했고,

휘익! 휘익!

양옆까지 따라온 적들에게 스태프를 휘둘렀다.

몬스터의 피가 온몸을 적시는데도 그녀는 멈출 수 없었다. 마왕 또한 힘겨운 싸움을 이겨 내고 있을 테니까.

쿠오오오!

기어코 합류한 발록이 아리엘을 향해 채찍을 휘둘렀다.

촤아악!

아리엘은 채찍 따위 아랑곳 않고 발록의 명치를 향해 스태프를 뻗었다.

바로 그 순간이었다.

스그그긍!

알 수 없는 소리와 함께 그녀를 둘러싼 비눗방울 같은 막이 생겨났다.

팡!

발록의 채찍이 형편없이 튕겨져 나왔고,

깡! 까앙! 파앙!

많은 몹들이 달려들었지만 누구 하나 그것을 뚫어 내지 못했다.

'이게 무슨 상황이지?'

아리엘이 막 안에서 주위를 두리번거릴 때였다.

《왜 마왕에게 도움을 청하지 않았나?》

스피츠의 음성은 멀리서 뱉었어도 또렷하게 전달됐다.

돌산으로 고개를 돌리자 과연 스피츠가 이곳을 향해 손가락 하나를 들어 올리고 있었다.

스피츠가 손가락을 움직이자 이내 얇은 막과 함께 아리엘의 몸이 공중에 떠오르기 시작했다.

그녀를 둘러싼 몬스터들이 들러붙고 매달리며 안간힘을 썼지만, 아리엘을 둘러싼 막이 그녀를 안전하게 지켜 주었다.

완전히 공중에 선 그녀를 보며 스피츠는 손가락을 접었다.

《마왕이라면 너를 도와주러 한달음에 달려왔을 텐데? 왜 부르지 않았지?》

"마왕에게 짐이 될 바에야 차라리 죽고 말겠어."

《스킬을 얻으려면 살아야 하는데도?》

아리엘은 인생 그냥 한길만 걷는 사람처럼, 단단히 눈을 빛낼 뿐 아무런 대꾸를 하지 않았다.

하지만 스피츠는 그런 눈빛에서 말보다 더한 의지를 전달받을 수 있었다.

스피츠가 말없이 그녀를 응시하던 그때였다.

촤악! 촤악!

바람을 가르는 날개 소리가 사방으로 내리꽂혔다.

번쩍!

돌산 위에 있던 스피츠가 하늘을 보았고,

'뭐지?'

아리엘 또한 고개를 들었다.

둘의 시선이 한데 모인 곳으로 검은 점이 모습을 드러내더니,

촤아아악! 촤아아악!

허공을 찢어발기는 듯한 날갯짓으로 맹렬히 날아왔다.

마침내 그것은 아리엘의 코앞에 멈춰 섰다.

"힘들었나 보네, 아리엘?"

날갯짓을 하는 레비아탄과, 그의 주인이라도 되듯 머리 위에 서 있는 남자는 단연 강철이었다.

"마왕님!"

그런 걸로 놀라긴 아직 이르다고 말하는 것처럼,

콰아아아아!

레비아탄이 몹들을 향해 거대한 브레스를 뿜어 대기 시작했다.

레비아탄이 브레스를 뿜는 동안, 강철은 아리엘에게 날아갔다.

몬스터의 피를 흠뻑 뒤집어쓴 채 힘겹게 들고 있는 그녀의 스태프에 진득한 피가 뚝뚝 떨어졌다.

그녀가 귓말도 없이 혼자 버틴 이유쯤 강철도 알 것 같았다. 이럴 때 다른 말은 필요 없다. 그저 그녀가 더 성장할 수 있도록 묵묵히 기다려 주는 게 지금은 가장 좋은 방법이었다.

강철은 아리엘을 둘러싼 투명한 막에 사이드를 휘둘렀다.

서걱!

투명 막이 단칼에 두 동강이로 갈라졌고, 겨우 기대고 있던 아리엘이 스르륵 넘어졌다.

강철은 떨어지는 그녀를 얼른 안아 들었다.

무엇보다 HP가 바닥이었다.

"죽을 생각이었어?"

아리엘은 답을 하지 못했다.

게임이다. 안다.

그런데 품 안에서 피에 젖어 의식을 잃은 아리엘을 보자 알기 어려운 화가 불쑥 치솟아 올랐다.

이, 용 대가리!

훈련을 시켜 달라고 부탁했더니, 이 지경을 만들어?

강철은 올라오는 분노를 감추지 않은 얼굴로 스피츠를

바라보았다.

「아리엘이 이 지경이 될 동안 넌 뭘 하고 있었지?」

「퀘스트였네. 도움을 줄 상황은 아니었지.」

화는 나는데 막상 스피츠의 답이 틀린 것도 아니었다.

그렇다고 아리엘이 죽은 것도 아니고, 막말로 지금 죽어도 하루 뒤면 접속할 수 있는 거다.

무엇보다 죽겠다는 아리엘한테 비눗방울까지 씌워 주며 살려 준 것도 스피츠니까.

「앞으로는 훈련 내용에 강도까지 내가 다 정해 줘야겠냐?」

「미안한 말이네만, 인간 마법사의 고집도 보통이 아니더군.」

아리엘 고집 얘기가 나오자 진짜로 더 할 말이 없었다.

강철은 씁쓸한 얼굴로 레비아탄에게 향했다.

브레스로 몹들을 깔끔하게 정리한 레비아탄이 '뭔가?' 하는 얼굴로 강철을 바라봤다.

"레비아탄! 회복 마법이 가능해?"

레비아탄이 머리를 들이밀고는 아리엘을 살폈다.

《바닥에 내려놓게.》

강철이 조심스럽게 아리엘을 바닥에 내려놓자,

그오오오!

놈이 손가락을 들어 회복 마법을 걸어 주었다.

곧 자리에서 일어난 아리엘은 민망한 얼굴로 강철을 바라봤다.

두 눈에 미안하단 말이 쓰여 있는 거 같아, 강철은 별다른 말을 하지 않았다.

"퀘스트 계속 진행하겠다고 제가 고집 부렸어요."

"괜찮아. 그럴 수도 있지."

"꼭 재도전해 보고 싶어요, 그 퀘스트."

그런데 생각지도 못한 말에 강철은 난감한 얼굴로 돌산 위를 바라봤다.

과연 스피츠도 대화 내용을 다 들었는지 메시지를 보냈다.

「내가 말했잖은가. 고집이 장난 아니라고.」

스피츠가 어떤 메시지를 보냈는지 알 길이 없는 아리엘은 허락을 바라는 것처럼 강철을 향해 시선을 주고 있었다.

사슴같이 예쁜 눈을 하고서 만날 부탁은 싸워도 되냐는 거다.

어찌 말리겠나! 저 근성을!

"피 조절 잘하면 혹시 모른다니까요?"

마왕에게 도움이 되겠다고 저러는 거, 누구보다 잘 아는 강철이다.

"에효!"

그래서 강철은 짧은 탄식과 함께 고개를 끄덕일 수밖에

없었다.

 ✈

푸슉!

캡슐 뚜껑이 열리고 익숙한 천장이 보였다.

강철이 슥 몸을 일으켰을 때, '이제 나오세요?' 하는 인사가 날아들었다.

덥수룩한 머리에, 있는 대로 내려온 다크서클까지.

이제는 하도 봐서 익숙한 송재균이 그를 기다리고 있는 거였다.

"저 기다리신 거예요? 그냥 귓말을 주세요. 좀 보자고요."

"강철 씨에게 방해드리는 게 싫어서요."

대우 한번 죽인다.

"저는 개발자님한테 필요한 거 있으면 딱딱 말하잖아요. 우리 그 정도 사이는 되는 거 아니었어요?"

"그렇게 말씀해 주시면 감사하긴 합니다만……."

목소리에 힘도 없고, 얼굴은 잔뜩 그늘져 있는 걸 보니 고민이 많은 게 분명해 보였다.

앉은 자세였던 강철은 캡슐 좌우를 양손으로 잡은 채 자리에서 일어났다.

"부탁하실 거 있으면 얼른 하고, 밥이나 먹으러 가죠. 배도 고픈데."

"그럼 제 방으로 가실까요?"

시켜 먹자는 건가?

강철이 고개를 끄덕이자 송재균이 앞장서서 문을 열었다.

방을 나서자 파티션으로 구획된 칸 안에서 업무를 보는 직원들이 보였다.

신기한 건 직원들의 얼굴이 송재균의 몰골을 복사, 붙여 넣기 한 것처럼 죄다 그늘져 있다는 거였다.

뭐야? 회사에 뭔 일 있나?

그러고 보니 게임 회사답게 왁자지껄하고 자유분방한 느낌은 사라지고, 오늘은 유달리 분위기가 축축 처지는 거였다.

그건 송재균의 힘없는 발걸음만 봐도 알 수 있었다.

주변 사람들 다 우울해도 별 영향 안 받고 그냥저냥 사는 체질이다. 강철은.

그래도 송재균의 힘 빠진 모습을 보니 마음이 쓰이는 건 어쩔 수 없었다.

송재균의 방문을 열고 들어가자 제일 먼저 기다란 테이블이 보였다.

손님들 오면 저기서 얘기하고 그런 용도로 쓰는 건데, 오늘은 김밥, 초밥, 족발, 보쌈, 치킨까지 어지간한 배달 음식이 죄다 깔려 있었다.

"이게 다 뭐예요?"

"점심입니다."

"저 말고 또 누가 와요?"

"아뇨."

"그런데 왜 이렇게 많이 시키셨어요?"

"뭘 좋아하실지 몰라 다양하게 준비해 봤습니다."

거듭 말하지만 대접은 죽이는데… 어휴! 이 답답한 양반아!

"저 안 나오면 어쩌려고 이걸 다 준비하셨어요?"

"모니터로 지켜보다 보면 강철 씨가 나오겠구나 하는 타이밍을 알 것 같았습니다."

"그래도 안 나오면요?"

"직원들과 간식으로 먹지요."

참 황당했다.

살면서 이렇게 극진한 대접을 받아 본 게 처음이라 고맙기도 했는데, 그것보단 미안한 마음이 더 컸다.

"이러지 말고 귓말을 보내세요. 식사 같이하자고."

"앞으로는 그렇게 하겠습니다."

눈빛 보니까, 그냥 또 깔아 놓고 기다릴 게 뻔해 보였다.

"일단 먹으면서 얘기하죠? 잘 먹겠습니다!"

강철이 먼저 자리에 앉았다. 그래야 송재균도 얼굴 좀 풀고, 제대로 얘기할 수 있을 거 같아서였다.

나도 꼭 이겨 보고 싶습니다 • 253

강철은 고마운 마음 티 좀 내겠다고 부러 이것저것 닥치는 대로 입에 넣었는데, 간만에 먹어서 그런지 이게 또 맛있는 거였다.

"좀 드세요, 개발자님도."

강철이 김밥을 3개씩 입에 욱여넣으며 말했다.

송재균은 콜라로 목만 축였는데, 그 꼴이 보기 싫어서 강철은 연어 초밥을 하나 들어 일단 들이밀고 보았다.

"드세요."

"예?"

"빨랑 드시라고요. 나도 남자한테 이런 거 하기 싫으니까, 빨리요."

"아, 예."

송재균은 마지못해 강철이 내민 초밥을 받아먹었다.

"우리가 오늘 뭔 얘기를 어떻게 하게 될지는 모르겠는데요. 일단 밥은 맛있게 먹자고요, 저도, 개발자님두요."

송재균은 대답 대신 연어 초밥을 열심히 씹었다.

그나마 꾸역꾸역 먹는 모습을 보니 마음이 한결 나았다.

먹는 거다. 배고플 때도, 힘들 때도 먹으면서 견뎌야 한다.

강철은 미친 척 보쌈에 김치를 얹어서는 또다시 송재균에게 건넸다.

강철의 마음을 알았을까?

그 뒤로는 송재균도 밥 꽤나 먹었다.

강철에게 비할 바는 아니었는데, 그래도 소고기집에서 음료수만 깔짝이던 거 생각하면 장족의 발전이었다.

충분히 먹었다고 생각한 강철은 나무젓가락을 내려놓았다.

"하실 말씀 있으시면 편하게 하세요. 어려워하지 마시고."

나무젓가락을 내려놓은 송재균이 자세를 고쳐 잡고는 조심스레 입을 열었다.

"프로모션 내용이 좀 바뀌었습니다."

"예?"

"강철 씨에게 의사를 묻지 않고 통보를 드리는 모양이라, 그 점은 정말 죄송하게 생각하고 있습니다."

"상황이 그럴 수밖에 없었겠죠. 저는 우리가 그 정도의 신뢰는 쌓았다고 믿었는데요?"

송재균이 복잡한 눈빛으로 강철을 바라보고 있었다.

"빙빙 돌려 말할 거 없이, 제가 뭘 도와드리면 되는지 말씀해 주세요. 서로 편하게."

이왕 돕는 거면 화끈한 게 좋다.

하지만 강철의 시원시원한 답을 들었는데도 송재균의 표정은 여전히 무거웠다.

"이번 프로모션은 마왕성에서 진행할 계획입니다. 강철 씨가 지키면, 유저들이 침입하는 식입니다."

"그래서요?"

"업데이트 예정보다 먼저 마왕성이 공개되는 겁니다. 수많은 유저들이 갑자기 몰리면 어떤 변수가 생길지 장담할 수 없습니다."

검은 비닐봉지를 뒤집어쓴 것처럼 송재균의 얼굴이 어두워 보였다.

"버그가 생길지도 모르구요."

송재균의 다음 말을 들으며 강철은 아까 보았던 직원들의 무거운 표정들을 떠올렸다.

"프로모션 진행하는 동안에는 버그가 생겨도 저희가 손쓸 방법이 없습니다. 제가 부탁드리고 싶은 건……."

밥 잘 먹어 놓고, 송재균은 다시 쫄쫄 굶은 사람의 표정이 되어 있었다.

"프로모션 기간 중에 버그가 발생한다면, 그걸 감당해 줄 수 있는 분이 강철 씨밖에 없습니다. 자칫 버그 때문에 프로모션이 망가지면……."

그는 면목이 없다는 듯 고개를 떨어뜨리고는 답답한 심정을 털어놓는 것처럼 한숨을 내쉬었다.

"애초에 마왕성에서 프로모션을 하자고 했을 때 거부했어야 했습니다. 그게 제가 해야 할 일이었는데, 욕심을 부렸습니다. 그래 놓고 수습은 강철 씨에게 부탁드리는 꼴입니다."

거기까지 말한 송재균은 한동안 고개를 들지 못했다.
"그게 끝이에요?"
"예?"
그게 무슨 소리냐는 듯 송재균이 촉촉한 눈으로 강철을 바라봤다.
"부탁은 그게 다냐고요?"
"다… 입니다."
"참 나! 뭐 대단한 일이라고."
강철은 '세상 뭐 있어? 돕고 살다 가는 거지?' 하는 표정으로 담담하게 말을 이었다.
"게임 안에서 벌어지는 거면 제가 알아서 할 테니까, 만날 초밥 이런 거 좀 드시면서 사세요. 인상 팍팍 쓰지 마시고, 쫌!"
"그런 거 신경 쓰다가 강철 씨가 돈을 버는데 차질이 생길 수도 있잖습니까?"
"개발자님도 진짜 대책 없네."
"예?"
"지금이 내 걱정할 때예요?"
송재균은 강철의 말뜻을 제대로 이해하지 못한 얼굴이었다.
"내 밥그릇은 내가 알아서 챙겨 먹을 테니까, 개발자님은 본인 걱정, 딸린 직원들 걱정하세요."

"걱정 안 되십니까? 돈을 더 벌 기회를 버그 때문에 놓칠 수도 있는데?"

걱정해서 답 나오는 거면 하루 종일도 하겠다.

근데 세상일이 어디 그러나.

"개발자님이 놀고 있을 사람도 아니고, 버그 잡겠다고 백방으로 뛰어다닐 텐데. 뭔 걱정을 해요?"

순간, 송재균은 강철에게 따귀를 제대로 얻어맞은 얼굴로 멍하니 바라보고만 있었다.

왜 오버야? 저 양반은 또?

잠시 뒤였다. 원래의 얼굴로 돌아온 송재균이 길게 한숨을 내쉬었다. 그러고는 양손을 들어 얼굴을 길게 쓸어내렸다.

"강철 씨는 정말 대단하네요. 덕분에 이제야 정신이 좀 맑아진 느낌입니다."

"그러지 말고 그냥 세수를 하시죠?"

"이게 편합니다."

강철의 말에 송재균이 처음으로 웃으며 답을 했다.

됐다. 이렇게 의지할 수 있는 사람이 있다는 게 어디냐.

불과 얼마 전에 백수였던 강철을 끌어 주고, 지금 이렇게 믿어 주는 사람이 송재균인 거다.

"하여간 서로를 좀 믿고, 예? 부탁도 시원시원하게 하고! 밥도 꼬박꼬박, 어이구!"

"여러모로 고맙습니다."

여기서 길어지면 또 낯간지러운 소리를 주고받아야 한다.

"그런데 버그라는 걸 제가 처리할 수 있나요? 그런 건 정말 시스템상에서 해결해야 하는 건 줄 알고 있어서요."

"물론 우리가 최선을 다해 해결할 겁니다. 프로모션 기간 동안이니까 즉흥적으로 대처도 할 거구요. 대신 강철 씨가 유저들이 눈치채지 못하도록 안에서 도움을 주셔야 합니다."

"그런 거라면 해 볼 만하네요. 그럼 전 제 나름대로 준비할 게 있어서, 이만."

거기까지 말한 강철은 후다닥 송재균의 방을 빠져나왔다.

타악!

문이 닫힌 다음이었다.

"고맙습니다, 강철 씨. 덕분에 또 용기를 얻네요. 이번 싸움, 나도 꼭 이겨 보고 싶습니다."

송재균의 혼잣말이 테이블을 지나 문에 부딪치며 어딘가로 사라졌다.

제9장

누구도 내 손에서 이걸 뺏어 갈 수 없다

렙업하는 마왕님

 꽁꽁 얼었던 폭룡의 레어에서 물이 뚝뚝 떨어졌다.
 로저스가 혀를 길게 내민 채 숨을 헐떡이자, 얼어붙은 레어도 힘을 못 쓰는 듯했다.
 몇 번이나 고개를 들려던 폭룡은 끝내 실패한 듯 눈알만 위로 치켜떴다.
 놈의 시선이 향한 곳에 거대한 덩치의 레비아탄이 있었다.
 시선이 마주친 직후였다. 레비아탄이 폭룡의 머리에 손을 대고는 치유 마법을 발동시켰다.
 그오오오!
 눈부신 광채가 피어났고, 얼마 뒤에 폭룡이 거짓말처럼

몸을 일으켰다.

대부분의 상처가 흔적도 없이 사라졌지만, 미간에 난 흉터만큼은 지워지지 않고 그대로 남았다.

《그와 싸워 본 소감이 어떤가?》

《대단할 건 없는 놈이었어.》

답을 한 로저스가 분을 참지 못하겠다는 듯 나직하게 그르릉거렸다.

《그런데 왜 그런 꼴이 된 거지?》

《방심했다.》

레비아탄이 묵묵하게 바라보자 폭룡이 시선을 피하는 것처럼 고개를 숙였다.

《내가 자네를 왜 살려 준 것 같나?》

《그건······.》

《가서 조용히 그를 도와.》

이해하지 못한 모양인지 로저스가 레비아탄을 빤히 바라보았다.

《그의 충복이라도 돼서 그가 하는 일이면 뭐든 따르란 뜻이네.》

이제야 레비아탄의 말뜻이 이해됐는지, 폭룡이 무섭게 인상을 찌푸렸다.

《우리가 아무리 NPC라도, 우리는 프로그램에 따라 움직이는 것들과는 전혀 달라! 게다가 드래곤이다! 그런데도

개발진들의 버프를 받아 강해진 놈에게 고개를 숙이란 말인가!》
《자네의 안목은 언제나 날 실망시키는구만.》
폭룡이 당장에라도 달려들 것처럼 무섭게 눈을 꿈틀거렸지만, 레비아탄은 전혀 상관없다는 투였다.
《그는 스피츠가 선택한 남자다.》
《…….》
《그리고 그를 돕는 것이 스피츠가 원하는 일이다.》
크르르릉!
폭룡은 분하다는 듯 나직하게 울부짖었다.
그러나 로저스도 스피츠의 권능에 대드는 것은 아무래도 켕기는 얼굴이었다.
로저스가 뿜어내는 섬뜩한 냉기와 묵직한 침묵이 레어를 감돌았다.
《마왕이란 놈이 나를 품을 그릇이 된다는 소리인가?》
《스피츠의 계획을 듣게 된다면 아마 자넨 가장 먼저 마왕에게 달려갈 걸세. 주인이 되어 달라고 말이야.》
《그 계획이란 걸 내게 들려줄 수 있나?》
《내가 자네에게 요구하는 건 이해나 납득이 아니야. 무조건적인 복종, 그것뿐일세.》
《나 폭룡이네, 레비아탄!》
로저스는 레비아탄과의 싸움도 불사하겠다는 듯 눈을 빛

냈지만,

《스피츠가 내게 그런 명령을 내렸더라면, 나조차 기뻐하며 따랐을 거야.》

레비아탄은 담담히 말을 이었다.

《자네가 마왕의 진가를 확인하는 날, 스피츠의 배려에 진정으로 감사할 날이 올 거야. 확신하네.》

크르르릉!

로저스는 도무지 믿기지 않는다는 듯 레비아탄의 눈을 오랫동안 바라보았다.

　　　　　　　　　♪

송재균의 걱정 어린 표정을 보고 온 참이다.

마음이 복잡하긴 하다만, 그럴수록 마왕 일 열심히 하면 되는 거다.

그래, 그게 맞다.

강철은 스피츠와 나란히 돌산에 앉아 있었다.

돌산 아래에선 아리엘이 퀘스트 재도전을 하며 혈투를 벌이는 중이었다.

"흐음."

강철이 나직한 음성을 토해 낸 직후였다.

띠링!

[폭룡 로저스가 플레이어 '강철' 님에게 복종하길 원합니다. 받아들이시겠습니까?]

예상치 못한 메시지였다.

폭룡이 복종을?

아, 그러고 보니 그놈 때려잡으면 알아서 긴다고 하긴 했었다.

대단한 보상이라도 되는 것처럼 스피츠가 말했던 게 기억은 난다만, 얼음 비늘로 뒤덮인 놈이라 타고 다니기도 애매하고, 그걸 어디다 쓰지?

잠시간 고민하던 강철은 자신에게 달려들던 폭룡의 모습을 떠올려 보았다.

브레스 막 뿜고, 꼬리 날리고, 얼음 창 던지고, 아주 사람 못살게 구는 데는 일가견 있는 놈이긴 하던데…….

'받아 두면 쓸모가 있기야 하겠지?'

강철이 고개를 끄덕이자,

[폭룡 로저스가 마왕의 지배를 따릅니다.]

시스템 메시지가 떠올랐다.

무슨 일인가 싶었는지 스피츠가 슬쩍 고개를 돌려 강철을 바라보았다.

"별일 아니니까, 아리엘 싸우는 거나 지켜보자고."

스피츠는 잠자코 고개를 끄덕였다.

과연 아리엘은 자신감을 보인 만큼 선전하는 중이었다.

우뚝 솟은 돌산과 그 주위로 드문드문 서 있는 바위를 이용해서 병목현상을 일으키고, 그 위로 마법을 떨어뜨리는 전략이 주였다.

효율적인 마법 운용을 위해 지형지물을 이용하기 시작한 건데, 강철의 성에 차지는 않아도 제법 훌륭한 수준은 될 정도였다.

《마법 한번 허투루 쓰질 않는군. 캐스팅 전에 다섯 번씩은 곱씹은 듯해.》

스피츠가 강철의 의견을 묻듯 뱉은 말이었다. 그러나 강철은 시큰둥했다.

"최소 열 번. 자기 피 빼 가며 쓰는 마법인데, 그 정도는 고민해야지."

《후후.》

강철이 전투에서 보인 집중력을 모르는바 아니었으므로 스피츠는 동의한다는 듯 고개를 끄덕였다.

"그래도 이 페이스면 무리 없이 깨겠는데?"

《내 생각도 그렇다네.》

그렇다면 곧 보상도 받는다는 거잖아?

강철은 그 즉시 아리엘의 퀘스트를 확인했다.

계약 관계였기 때문에 원하면 그 정도쯤 얼마든지 알아볼 수 있었다.

보상은 스피츠가 만든 히든 스킬이었다.

"HP가 엄청나게 펌핑되는구만? 훌륭한데?"

강철의 말에 스피츠는 별다른 대꾸 대신 묵묵히 아리엘만 지켜보았다.

그러나 그 눈빛이 벌써 '자네가 소개해 준 마법사인데, 그 정도야 기본이지.'라고 말하는 것처럼 당당함이 그득그득 배어 있었다.

"하아아앗!"

파바바밧!

아리엘 주문에 한 뭉텅이로 모여 있던 몹들이 그대로 고꾸라졌고, 이제 살아남은 몹들이라 봐야 5백이 채 되지 않았다.

그에 반해 아리엘의 HP는 6천이나 있었으니, 사실상 승부는 났다고 봐도 됐다.

아리엘은 어깨를 들썩이며 숨을 쉴 뿐, 그걸 제외하면 그렇게 힘든 기색을 보이는 것도 아니었다.

해결책을 제시해 준 것도 아닌데, 두 번째 도전 만에 제 나름의 활로를 찾아내다니.

'아리엘이 고집만 있는 건 아니라니까?'

강철이 뿌듯한 얼굴로 아리엘을 바라볼 때였다.

스피츠 또한 상황이 종료됐다고 판단했는지 다른 이야기를 꺼냈다.

《내가 준 퀘스트는 어떻게, 잘 진행되고 있는 겐가?》

"보주 강화하는 거?"

레전드리 템을 무식하게 +5까지 강화하라는 퀘스트!

하여간 스피츠 저놈은 '적당히'란 단어 자체를 아예 모르는 거 같다.

"잘될 리가 있겠어? 그게?"

《그럼 포기하는 건가?》

"포기는 없지, 절대."

방법이 없다고 해도 어떻게든 물고 늘어질 강철이다.

그런데 스미든이 어둠의 강화사라는 클래스를 얻은 데다, 어둠의 결정만 모아 오면 강화 확률을 확실히 높일 수 있다고 호언장담했었다.

스미든 그 영감이 허튼소리를 하진 않을 테니, 지금쯤 미친 듯이 노력하고 있을 거였다.

이럴 때는 영감의 노력이 헛되지 않도록 어둠의 결정을 충분히 구해다 주는 게 강철의 몫이었다.

생각난 김에 말해야겠다는 듯, 강철이 입을 열었다.

"나도 저 퀘스트 하나만 하자."

《히든 스킬이 필요한가? 하지만 그건 불가능하네.》

"아니, 그냥 몹 만 마리만 깔아 달라는 거야."

《훈련? 훈련을 하고 싶어 그러는가?》

저 용가리 또 훈련이란 단어에 민감하게 반응하는 거 봐라!

"훈련 아니야."

《아쉽군.》

강철은 레비아탄이 수여한 히든 스킬을 얻기 위해서라도 몬스터 1만 마리는 썰어야 하는 상황이다.

그 과정에서 몹들이 어둠의 결정까지 뱉어 줄 테니, 강철로선 딱 좋은 노가다였다.

"그냥 만 마리만 깔아 주면 되는 거야. 힘들어?"

《마왕의 부탁인데, 어려울 거 없지.》

용가리, 말은 저렇게 해 놓고 드래곤만 천 마리 부르는 건 아니겠지?

강철이 걱정스런 표정을 하고 있을 바로 그때였다.

"해냈어!"

그나마 있던 5백 남짓한 몬스터가 죄다 쓰러졌고, 아리엘이 기쁨의 함성을 내질렀다.

᪶

스미든과 베인이 나란히 서 있으면 모양새가 참 우습다.

스미든이 키가 작고 옆으로 땅땅한 체격이라면, 베인은 가뜩이나 큰 놈이 허공에 떠 있기까지 하니 정말 거대해 보였다.

그런 둘이 나란히 선 거다.

정말 안 어울리는 한 쌍이었는데, 함께 전투를 겪었다는 이유로 붙어 다녔고, 정신 차려 보니 어느덧 절친이 되어 버렸다.

깡!

[강화에 실패하였습니다.]

[장비가 깨졌습니다.]

스미든은 황당하다는 듯 망치를 내려놓았다.

옆에 선 베인은 늘 있는 일이라는 것처럼 별달리 놀라지도 않았다.

((자네, 장비라면 충분할 텐데, 굳이…….))

"강화사에게 충분한 건 없네."

스미든은 후두둑 떨어지는 땀을 닦으며 모루에 장비를 올렸다. 망치를 말아 쥐는 폼이 몹시 진지했는데, 옆에 있는 베인은 역시나 별 기대 없어 보였다.

"후하!"

깡!

[강화에 실패하였습니다.]

[장비가 깨졌습니다.]

((지금 강화를 하는 건가, 청소를 하는 건가?))

"끄응."

강화에 실패한다고 해도, 그렇게 바보짓을 하는 것만은 아니다. 강화 숙련도를 올리는 데 장비 깨 먹는 거만큼 확실한 방법도 없었기 때문이다.

"어둠의 강화사가 되려면 아직도 천 개는 더 깨 먹어야 돼."

((마왕성에 있는 템을 죄다 거덜 낼 생각인가?))

"에잇! 마왕 혼자 열심히 뛰고 있을 텐데, 놀 순 없잖은가! 뭐라도 해야지!"

스미든의 말이 떨어지기가 무섭게,

스으웅!

베인은 창고에서 장비들을 산더미처럼 들고 나왔다.

((마왕님을 위한 일이라면 얼마든지 더 하시게나.))

"그래, 해 보세! 제대로! 이 악물고!"

깡!

[강화에 실패하였습니다.]

[장비가 깨졌습니다.]

((좌절하지 말고, 마왕님을 위해!))

"근데 베인, 나 강화사가 맞긴 한 거야?"

((잔말 말고! 집중! 집중!))

"에잇! 돼라! 쫌!"

강화 여부에 상관없이 숙련도만큼은 알차게 오르고 있었다.

"아리엘, 축하해."

강철이 건넨 말에 활짝 웃었던 아리엘이 뜻밖의 답을 해 왔다.

"저 다른 퀘스트로 바로 이어 가면 안 될까요? 저 쉴 필요 없어요! 쌩쌩해요!"

신났다, 아리엘. 정말.

그래, 기쁠 거다.

항상 마왕의 도움을 받던 그녀인데, 본인 혼자 뭔가를 이뤄 냈다는 뿌듯함이 오죽하겠는가?

이제야 마왕을 도울 수 있는 사람이 되었다며 좋아하는 거 이해도 되고 고맙기까지 한데, 그래도 지금은 쉬어야 한다.

욕심 부려 봐야 탈만 난다.

"아리엘, 나도 퀘스트를 하나 깨야 하거든? 아리엘처럼 히든 퀘스트를 얻었어."

"정말요?"

"레비아탄이 준 히든 스킬이야."

순간 그녀의 눈에 기쁨이 가득 차올랐다.

"정말 정말 잘됐어요. 그럼 얼른 먼저 하세요. 전 나중에 해도 괜찮아요."

자기 일처럼 기뻐해 주는 모습에 강철은 괜스레 민망해졌다.

"뭐 도와드릴 거 없나요? 제가 화력 지원해 드릴 수 있는데."

아리엘이 맡겨만 달라는 듯 스태프를 움켜쥐었다.

"나 혼자 깨야 되는 퀘스트라서, 아리엘은 이참에 쉬어. 로그아웃을 해도 되고."

"마왕님 히든 스킬 얻는 전투인데, 봐야죠. 배울 것도 많을 텐데."

하긴, 강철의 전투를 뒤에서 지켜보는 것만으로도 아리엘에겐 충분한 공부가 될 것이다.

하지만 꼭 공부 때문에 남아 있는 거 아니라는 것쯤은 누구보다 강철이 더 잘 안다.

'하여간 아리엘도 의리 하나는 진짜 죽여준다니까?'

아리엘은 두 손을 꽉 쥐어서 '화이팅!'이라고 짧게 외친 뒤, 돌산 위로 올라갔다. 잠시 뒤, 그녀는 스피츠와 나란히 서서 강철을 바라봤다.

《준비됐나? 몬스터들을 등장시킬까?》

스피츠의 물음에,

"잠시만."

강철이 잠깐의 시간을 요구했다. 스피츠는 고개를 갸웃했지만 별다른 이유를 묻지는 않았다.

흐음.

강철은 스킬 창을 열어 그것을 빤히 살피는 중이었다.

어둠의 나라의 스킬 체계는 레벨 400 전과 후로 나뉜다.

399까지는 오로지 기본 스킬만 사용할 수 있는 데 반해, 레벨 400부터 심화 스킬을 찍을 수 있게 되기 때문이다.

지금 강철의 레벨이 딱 400이다.

그동안 심화 스킬을 찍기 위해 스킬 포인트를 깡그리 모아 온 강철이기에 400레벨이 된 지금, 어떤 스킬을 찍어야 하는지 고민하는 건 당연했다.

어둠의 나라는 10렙업을 할 때마다 스킬 포인트 1을 지급했으므로, 스킬 하나를 잘못 찍으면 그 타격이 상당하다.

돈이 많은 놈들은 일단 아무렇게나 찍은 다음에, 돈 천만 원 훌쩍 넘어가는 스킬 초기화 아이템을 산다고도 하는데, 강철로서는 상상도 못할 바보짓이었다.

'제대로 찍기만 하면 아낄 수 있는 돈을 그런 데 쓸 순 없지!'

강철은 일단 저투자 고효율을 자랑하는 패시브에 스킬 포인트를 투자했다.

스킬 하나에 공격력과 방어력이 10프로씩 상승할 정도였으니, 기본 스킬의 399레벨과 심화 스킬을 찍을 수 있는 400레벨은 단순히 1레벨 차이가 아니었다.

강철은 최고의 효율을 자랑하는 스킬들을 가장 먼저 찍었고, 애매하다 싶은 것들은 일단 남겨 두었다.

'그래, 이 정도만 해도 충분히 강해졌다. 나머지는 전투 끝

나고 더 고민해 본 다음에 찍자.'

강철은 고개를 돌려 스피츠를 보았고, 이내 고개를 끄덕였다.

그러자,

스윽!

스피츠가 손가락 하나를 들어 올렸고,

두두두두!

저 멀리서 대지를 시커멓게 물들이며 몬스터들이 떼로 몰려오기 시작했다.

⁂

어둠의 나라라는 이름답게 검붉은 하늘, 이리저리 솟은 돌산들이 펼쳐졌고, 그 앞쪽에 강철이 우뚝 서 있었다.

뒤편 돌산의 위에서는 스피츠가 흥미로운 눈으로 강철을 바라보았고, 그 아래에서 아리엘이 한 장면이라도 놓칠세라 빛나는 눈빛을 하고 있는 앞이었다.

두두두두두!

몹들은 강철을 당장에라도 깔아뭉개서 짓이기겠다는 것처럼 달려들었다.

만이다. 1만이란 숫자의 몹.

어둠의 나라에서 절대 볼 수 없는 숫자이기도 했고, 강철은 모르지만 이 장면을 지켜보는 송재균이 얼이 빠진 얼굴을 할 정도로 섬뜩한 상황이기도 했다.

 송재균이 만들었지만, 마왕이 완성시킬 세상이다.

 강철에게 어둠의 나라는 낭떠러지에서 잡은 돌부리다.

 절대 못 놓는다.

 '누구도 내 손에서 이걸 뺏어 갈 수 없다.'

 두두두두두!

 올 테면 와 보라는 듯, 강철은 검은 날개를 활짝 펼쳤다.

 스으웅!

 심화 스킬 '데몬 헌터'를 발동하자, 사이드의 날 끝으로부터 어두운 기운이 스멀스멀 피어나왔다.

 아리엘은 태어나서 처음으로 다른 캐릭터를 보며 소름이 끼쳤다.

 그만큼 현재 강철의 분위기며 위용은 정말이지 더 어찌할 수 없을 만큼 압도적이었다.

 '이렇게라도 발전할 거다. 남은 빚을 모두 갚아서 아빠의 이름에 붙은 짐을 떨어 낼 때까지.'

 촤악! 촤악!

 한순간, 날개를 움직인 강철이 단숨에 몹들을 향해 뛰어들었다.

 쐐애애액! 드드드득!

 그러고는 거칠게 사이드를 휘둘렀다.

마왕의 각성을 축하하듯 폭죽처럼 피가 터져 나왔고, 몹들의 뼈가 갈리는 소리가 요란하게 울려 퍼졌다.

아리엘을 그토록 힘들게 했던 발록과 자이언트도 예외는 아니었다.

퍽!

몸을 회전한 강철은 그 탄력을 이용해 팔꿈치로 발록의 명치를 찍었고,

빠악!

몸을 구부린 발록의 머리를 사이드의 손잡이로 냅다 올려쳤으며, '왜 저러지?' 할 정도로 사이드를 커다랗게 휘둘러,

서거거거겅!

빈틈을 노리며 달려든 자이언트의 상체를 두 동강 내 버렸다.

'송재균이 바라는 마왕이 될 거다!'

[상급 어둠의 결정을 획득하셨습니다.]

[상급 어둠의 결정을 획득하셨습니다.]

반가운 메시지였지만 강철은 눈길조차 주지 않았다.

쿵! 쿵! 쿵! 쿵!

코볼트, 가고일 따위가 범람하던 아리엘의 전투와 달리, 지금은 발록과 자이언트, 데스나이트, 리치가 기본이었다.

강철은 그 와중에도 간간이 보이는 리치 로드 따위의 보스급 몬스터들을 노렸다.

'내 사람을 지킬 수 있는 마왕!'

쐐애액!

'어둠의 나라에서 누구도 내 사람을 건드릴 수 없을 만큼 강한 마왕.'

뎅- 겅!

마법을 펼치려던 리치 로드의 목이 떨어졌다.

《오!》

스피츠가 탄성을 쏟아 낼 정도로 강철이 보인 고속 비행 패시브와 '마왕의 진격' 액티브는 압도적인 속도를 자랑했다.

아리엘은 그런 마왕의 뒷모습을 보며 가슴이 두근거렸다. 전에 없이 강렬한 모습이었다.

수많은 몹들을 쓸어버리고 있는 속도나 파워, 뭐 하나 나무랄 곳이 없었다.

당당한 위용! 눈부신 움직임!

두근거리는 가슴으로 강철을 지켜보던 아리엘은 어쩐지 느껴지는 아련함에 커다랗게 숨을 들이마셨다.

저 당당함에 묻은 처절함은 뭘까?

마왕을 위해 악착같았던 나도 저렇게 보였을까?

그렇다면 강철은 누구를 위해 저토록 악착같이 싸우는 거지? 설마?

아리엘은 조금 더 떨리는 가슴을 진정시키기 위해 또다시 커다랗게 숨을 들이마셨다.

크오오! 크아아아!

마침내 전의를 상실한 몬스터들이 뿔뿔이 흩어지며 마왕의 앞길을 비워 주고 있었다.

⚐

골방이었다.

침대랑 책상 하나씩 두면 끝나는 월세 20짜리 쪽방.

권경우는 의자 놓을 공간도 없어 침대에 앉은 채로 마우스를 움직였다.

"씨발! 어쩌다 내 신세가 이렇게 됐지?"

한때는 길드 마스터다, 콘텐츠 크리에이터다, 염병할 수식어가 많이 붙었는데, 이제는 말 그대로 백수다.

"무리해서 템을 사는 게 아니었는데······."

길드 접고, 캡슐방 정리해서 마련한 돈으로 아이템에 투자했었다.

인면수심 일당을 털면 그걸로 충분히 회수되고도 남을 줄 알았는데, 리온을 만날 줄 어떻게 알았겠나.

"리온, 이 개만도 못한 새끼······."

곰팡이 핀 벽에다 대고 욕한들 변하는 건 아무것도 없다.

"넥씨 개새끼들! 유저가 피해를 입었으면 보상을 해 줘야 되는 거 아니야?"

 넥씨에 직접 찾아도 가 봤는데, 복구는 불가능하단 답만 돌아왔다. 게임상에서 벌어진 일은 게임 안에서 처리하는 수밖에 없다는 게 넥씨의 입장이었다.

"씨바아알!"

 다시 생각해도 열불이 뻗치는지 놈이 벌게진 얼굴로 마우스를 클릭했다.

 권경우는 하루에 50번도 넘게 넥씨 공식 홈페이지에 들어갔다. 조금이라도 보상받을 수 있는 방안이 없는지 질문을 올리고, 또 올리고, 또또 올린 탓이었다.

"어라?"

 그러던 권경우의 눈이 휘둥그레진 건 메인에 걸린 공지 때문이었다.

〈2차 프로모션 공지 사항〉

 권경우는 모니터에 들어갈 것처럼 고개를 바싹 들이밀고는 서둘러 내용을 읽어 보았다.

"뭐야? 이번엔 마왕성에 유저들이 쳐들어간다고?"

 그뿐만이 아니었다.

"마왕 말고도 다른 놈들을 잡으면 보상이 나온다, 이거지?"

권경우는 속없이 좋아하고 있는 자신의 모습에 허탈한 웃음이 터져 나왔다.

 자신이 피해를 보는 순간에는 하나같이 마왕이 있었다.

 그 마왕을 주인공으로 한 이벤트를 한다는데, '이번이 마지막 기회가 아닌가!' 상상하며 좋아하는 꼴이 말이나 되냔 말이다.

"시발! 어쨌거나 이거 말고는 답 없잖아?"

 이번엔 쪼렙 NPC를 잡아도 보상을 준단다.

 앞으로 업데이트될 마왕성에 특화된 아이템을 드롭할 거 같은데, 그거 하나만 어떻게 얻어도 재기의 발판은 마련하는 게 아닐까?

"그래도 최소한 기본 아이템은 맞추고 가야 되는 거 아냐? 경쟁이 어마어마할 텐데?"

 권경우는 자신이 융통할 수 있는 돈이 얼마나 되나 계산해 봤다.

 돈이 있었으면 이런 데서 살았겠나.

"결국……."

 잠시 침묵했던 권경우가 책상 구석으로 시선을 돌렸다.

〈인생 한 방! 전화 한 통으로 해결하세요!〉

 그의 시선 끝에 걸린 사채 광고 문구가 유독 빛을 발하고 있었다.

⚜

 씨너스 길드의 성은 어둠의 나라에서 가장 큰 규모를 자랑한다. 그건 오로지 길드 마스터인 리온 덕분이었다.
 어둠의 나라에서 세 손가락에 드는 히든 클래스 리온이다.
 그와 같은 휘장을 달아 보겠다고 사람들이 씨너스에 몰리는 건 당연한 일이었다.
 드높은 성벽 아래 도열해 있는 길드원들만 3천이 넘었다.
 정예만 이 정도였으니 씨너스의 영향력은 말해 뭐하겠는가.
 리온은 성곽 위에서 자신의 발아래 펼쳐진 광경을 내려다봤다.
 "마왕성으로 넘어가는 싸움이다."
 아주 작은 목소리였지만, 3천이 넘는 투구가 동시에 뒤로 젖혀졌다.
 그의 음성이 성 끝까지 꽂히듯 전달되었기 때문이다.
 "전에 확인했겠지만, 우리 말고도 많은 인원이 참가할 예정이다. 하지만 이번 전투에서."
 리온이 말을 끊고 천천히 둘러보자, 알기 어려운 긴장감이 씨너스 길드의 성 전체를 뒤덮었다.

원하는 분위기였을까? 리온은 거만한 미소를 입가에 그려 내며 입을 열었다.

"이번 이벤트에 걸린 모든 NPC는 우리 씨너스 길드의 몫이다."

"와아아아!"

말이 끝나기 무섭게 엄청난 함성이 터져 나왔다.

마왕이 꼬리를 말고 도망치게 만든 리온이 뱉은 말이다.

길드원들은 이미 보상을 확정받았다는 것처럼 들뜬 얼굴로 그를 향해 고함을 질러 댔다.

"단!"

그러나 리온의 한마디가 함성을 단번에 틀어막아 버렸다.

"마왕은 내 몫이다. 이 점을 명심하도록."

리온 앞에서 마왕을 노리겠다고 나설 유저는 없다.

"이번 이벤트 역시 온갖 허접한 유저들이 끼어든다. 만약 그들을 감당할 자신이 없다면 지금 길드를 탈퇴해라. 보상을 하나라도 놓치면 내가 너희 모두를 박살 낼 테니까."

"와아아아-!"

또다시 함성이 터져 나왔다.

미친 것도 아니고, 자신들을 박살 내겠다는데도 길드원들은 함성을 질러 대고 있었다.

리온은 그런 길드 마스터였다.

고작 죽인다는 말에 고개를 숙이면, 바로 그 자리에서 죽여 버리는 길드 마스터.

그렇게 아작 난 길드원들이 셀 수 없이 많았다.

그런데도 이렇게나 많은 인원이 꾸역꾸역 붙어 있는 건, 역시나 리온의 압도적인 강함 때문이었다.

게다가 1차 프로모션이 끝난 뒤에 리온은 수많은 아이템을 먹어 치웠다.

그간 등한시하던 렙업도 무섭게 시간을 투자해서 유저 최초 800랭킹을 목전에 둔 상황이었다.

리온은 함성을 지르는 길드원들을 놔둔 채로 천천히 몸을 돌렸다.

"와아아아!"

그의 모습이 사라지도록 함성은 멈출 줄 몰랐다.

⌒

난과 화초가 사방을 가득 채운 방이었다.

공기청정기 두 개가 입구에 하나, 책상에 하나 설치되어 있었다.

중역용 책상과 의자는 자유로운 회사 분위기와 어울리는 편은 아니었다.

책상 옆으로는 창 크기에 딱 맞게 재단된 하얀 실크 커튼이 쳐져 있었다. 아무 무늬도 없는, 부담될 정도의 새하얀 커튼이었다.

똑똑!

"들어오세요."

잠시 뒤 조용히 문이 열렸고, 열 때보다 조심스레 문이 닫혔다.

이재학 전무는 손에 커다란 파일을 들고 천천히 다가왔다.

"앉으시죠."

책상 앞에 있던 천용진 부사장이 가운데 놓인 소파를 가리켰다.

물소 가죽을 통으로 짜서 만든 소파였는데, 테이블에 간이 의자가 고작인 송재균의 방과는 몹시 비교되는 모습이었다.

이재학은 먼저 앉지 않고, 천용진이 책상을 돌아 소파에 올 때까지 가만히 서 있었다.

천용진은 그 모습을 빤히 봤으면서도 재차 앉을 것을 권하지는 않았다.

부사장이 앉는 것을 확인한 후에야 이재학은 뒤늦게 그와 마주 앉았다.

"마왕성에서의 프로모션에 대한 유저들의 반응이 정말 폭발적입니다."

"그렇습니까?"

공지가 뜬 직후부터 내내 유저들의 반응을 확인한 천용진이지만, 그 앞에서는 처음 듣는 소리라는 듯 반가운 표정을 지어 보였다.

"여기 보십시오."

이재학은 들고 있던 파일을 내밀었다. 결재판보다 두 배쯤 더 큰 파일이었는데, 안을 열어 보자 전지 반만 한 크기의 서류가 10장쯤 들어 있었다.

"유료 아이템 판매량부터 난리도 아닙니다."

"허허."

"신규 유저, 기존 유저, 복귀 유저 할 거 없이 반응이 뜨겁습니다. 클릭 수가 보장되니 언론에서 받아 쓴 기사는 셀 수도 없구요. 이게 다 부사장님 덕분입니다."

"다들 열심히 한 결과지, 어떻게 저 때문이라고 할 수 있겠습니까?"

"그런 말씀 마시죠, 부사장님. 송재균 개발자가 총괄한 1차 프로모션이랑은 비교할 수가 없는 수치가 나왔는걸요."

"그나저나 말이 나와서 말인데, 좀 걱정스러운 면도 있습니다."

"그게 무슨 말씀이십니까?"

이재학이 장단을 맞추려는 듯 다소 과장스런 눈으로 의문을 표했고, 천용진은 거만하게 머리를 쓸어 넘기며 입을 열었다.

"아직 개발진에서 준비가 다 됐는지 모르겠습니다. 이렇게 분위기가 달아올랐는데, 버그라도 하나 터지면 그 뒷감당을 어떻게 할는지……."

"버그요?"

"송재균 개발자와 얘기를 나눴는데, 아직 마왕성이 완벽하게 구현된 게 아닌 모양입니다. 기획을 낸 제가 욕을 먹는 건 괜찮습니다만, 괜히 저 때문에 우리 회사가 비난을 받는 건 아닐지 걱정이 앞섭니다."

"그게 왜 부사장님 잘못입니까? 개발진들 잘못이지요?"

"회사의 미래가 걸린 일에 누구 잘못이 어디 있고, 누구 공은 또 어디 있겠습니까."

"부사장님은 어떻게 회사 생각만 하십니까?"

이재학은 이번에도 과장된 표정으로 그의 말을 받아 주었다.

천용진은 여전히 근심에 찬 표정이었지만, 그의 시선은 눈앞에 펼쳐진 서류철에 고정되어 있었다.

1차 프로모션 때와 비교해 매출이 얼마나 올랐는지 분석해 놓은 자료였는데, 이재학이 나가면 몇 번이고 들여다볼 생각이었다.

'아이디어 한 방에 매출이 이렇게 올랐으니, 앞으로 송재균도 함부로 건방을 떨기는 어렵겠지.'

코를 매만지는 손 뒤로, 천용진의 입가에 비릿한 미소가 스쳤다.

↪

강철의 사이드 날 끝으로 검은 피가 뚝뚝 떨어졌다.

스킬, 데몬 헌터의 효과였다.

데몬 헌터를 발동하면 사이드부터, 거기에 베인 적들까지 죄다 어둠으로 물들어 버렸다.

기본 공격력에 20퍼센트 버프를 걸어 주는 능력도 훌륭했지만, 데몬 헌터 특유의 시각적인 효과가 괜찮았다.

데몬 헌터로 벤 적에 한해 심화 스킬 '어둠 폭발'을 연계로 활용할 수 있었는데, 강철은 아직 그 스킬을 한 번도 써 보지 못했다.

몹들이 기본 공격을 버텨 내야 2차 타격인 어둠 폭발을 써 볼 텐데, 그으면 죄다 나자빠지니 쓰고 싶어도 쓸 기회가 없는 거였다.

'지금은 진짜 시간이 금이다. 지금 스킬을 내 걸로 만들어야 실전에서 제대로 싸울 수 있다.'

강철이 허공에 높이 떠올라,

콰아아아아!

브레스를 연상시킬 정도의 불덩이를 뿜어냈다.

등을 보이던 몹들을 일일이 쫓을 필요도 없이,

콰아아아아아아아아!

불길에 위력만 더하면 몹들은 비명도 못 지른 채 쓰러지고 말았다.

심화 스킬 '어둠의 불길'을 찍고 난 뒤, 불덩이가 수십 배는 더 강해졌다.

이런다고 만족하면 게임이고, 현실이고 발전이란 없다.

강철은 스킬을 쓰는 동안에도 어떻게 유저들을 상대로 효과적으로 활용할지를 머릿속에 그려 보았다.

'어디 한 번 보자!'

콰아아아아악!

강철은 마왕의 진격을 이용해 발록과 자이언트를 향해 몸을 날렸다.

그러고는,

스윽!

놈들을 스치는 것처럼 사이드를 그어 버렸다.

역시!

계획대로 두 놈 모두 HP만 훅 깎일 뿐, 여전히 강철을 향해 으르렁거리고 있었다.

데몬 헌터로 1차 공격을 성공시켰으니, 발동 조건은 충족시킨 상황이었다.

강철은 곧바로 어둠 폭발을 시전했다.

퍼어- 엉!

효과는 죽여줬다.

강철의 공격과 동시에 두 놈의 몸뚱이가 화려한 폭죽처럼 사방으로 터져 나간 거였다.

툭, 투툭.

높다랗게 떠올랐던 묵직한 뼈와 살점이 비처럼 우수수 쏟아져 내렸고,

띠링!

[퀘스트를 완료하였습니다.]

[10,000/10,000]

[히든 스킬 '레비아탄의 권능'을 획득하셨습니다.]

그 직후에 기대했던 시스템 메시지가 강철의 눈에 들어왔다.

"후우."

강철은 길게 한숨을 내쉬었다.

손 하나로 겨우 매달려 있던 절벽에서 팔꿈치 하나쯤 올린 기분이었다.

머리 위를 뒤덮은 검붉은 하늘이 마왕의 강림을 축하하는 것처럼 세상을 뒤덮고 있었다.

프로모션을 이틀 남긴 밤이었다.

렙업하는 마왕님

 강철은 인벤토리를 열어 보았다. 최상급 어둠의 결정 6개, 상급이 162개, 중급이 889개였다.
 "많이도 얻었다."
 이 정도면 충분한 거 아닌가.
 더 구할 수야 있지만, 프로모션을 앞둔 이상 시간 배분도 중요했다.
 강철은 사방에 널브러진 몹들을 뒤로하고 돌산을 향해 날았다.
 패시브인 고속 비행을 찍을 때마다 날개는 더 커지고, 짙은 흑색을 띤다.
 가뜩이나 잘 빠진 날개가 더 멋져 보이는 건 그 이유였다.

강철이 바로 앞으로 내려섰을 때, 스피츠는 뭔가 미련이 남은 얼굴이었다.

《훈련이 너무 일찍 끝난 게 아닌가? 놀고 있는 드래곤들이 더 있을 텐데?》

이 훈련 중독자 새끼!

"고마워요, 스피츠."

강철의 표정을 살핀 아리엘이 얼른 감사의 뜻을 대신 전했다. 그런 인사에 신경 쓸 스피츠가 아니다.

《내 도움은 더 필요 없는가?》

"몰라. 어떻게 될지."

놈이 무뚝뚝하게 물었고, 강철은 비슷한 얼굴로 답을 했다.

이제는 마왕성으로 돌아가서 강화 퀘스트를 진행해야 한다.

어둠의 결정을 충분히 모았으니, 장비들 모아 놓고 또 신나게 깨부숴야 하지 않겠나.

《언제고 필요하면 말해 주게.》

"그래."

단순한 대화였다. 그런데도 강철은 어쩐지 든든한 느낌이었다. 게임 바깥에선 외롭게 살았는데, 어둠의 나라를 시작한 이후 하나둘 믿을 만한 친구를 얻게 되는 기분이다.

빚만 갚아 봐라! 행복하게 살아 줄 테니까.

"아리엘은 어떻게 할 거야?"

혹시 더 훈련을 할 거냐고 물어본 거였는데 그녀는 고개를 저었다.

"병원에 잠시 다녀오려구요."

"동생은 좀 괜찮아졌어?"

"덕분에요."

이럴 땐 뭐라고 대답해야 하는 거지?

"내일 일찍 접속할게요."

강철이 고개를 끄덕이자 아리엘은 로그아웃을 했다.

특수한 공간에서 로그아웃한 거라서, 다음번 로그인 때는 당연하게 마왕성에서 시작하게 되니까 아리엘은 됐고.

《마왕성으로 가야겠군?》

강철이 고개를 끄덕이자, 스피츠가 손가락을 내밀었다.

《더 강한 마왕을 기대하겠네.》

스피츠 손끝에서 빛줄기가 쏟아지더니, 강철의 눈앞에다 기다란 선을 그었다.

푸슛!

그리고 곧 강철의 모습이 사라져 버렸다.

※

스미든의 별명은 골든 나이츠다. 본인이 만든 별명이라,

딱히 불려 본 적은 많지 않다.

그래도 그의 말마따나 몸은 삐까번쩍했다.

실력이 없으면 템빨이라도!

15강으로 도배를 한 덕에 번쩍이는 금빛 하나는 제대로였다.

그의 앞으로 인형이 서 있었다. 훈련을 위해 세워 둔 건데, 스미든에게는 많이 커 보였다.

나란히 선 베인도 이건 좀 아니다 싶었는지 고개를 갸웃하다 입을 열었다.

((죽음은 사신만이 관장한다.))

스으응!

베인은 아무렇지 않게 다가가서,

서걱! 데구루루!

사이드로 인형의 목을 그어 버리자 둥그런 머리통이 바닥에 나뒹그러졌다.

((죽은 자는 말이 없어 좋아.))

"멍청아! 제자리에 안 갖다 놔?"

((여기가 딱 제자리인데…….))

자고로 머리통은 떨어뜨려야 제맛이라 생각하는 게 사신, 베인이다.

대륙 최강의 사신으로서 보일 수 있는 당연한 반응이었는데, 훈련을 준비하는 스미든의 입장에선 결코 동의할 수 없는 헛소리였다.

"여기 있네!"

베인이 인형 머리를 제자리에 가져다 놓자, 스미든은 기다렸다는 듯 갑옷을 하나 더 들고 왔다.

이미 휘황찬란한 템을 차고 있으면서도, 금빛 갑옷을 껴입어 보겠다고 난리법석을 떠는 거였다.

겨울철, 군바리처럼 꾸역꾸역 껴입긴 했는데 아무래도 삽을 들긴 좀 힘들어 보이는, 왜 그런 복장 있잖은가?

지금의 스미든이 딱 그 꼴이었다.

그런데도 놈은 부쩍 상승한 방어력을 보며, 템빨의 끝을 보기라도 한 듯 뿌듯한 표정이었다.

"누구도 내 방어력을 뚫을 수는 없을 거야."

((굳이 때려야 할 이유를 못 찾는 게 아닐까?))

"이제 나는 공격력만 확보하면 최강이 되겠군."

((볼일 볼 때 죽어나겠군.))

둘은 서로 다른 말을 했다.

어쨌거나 껄다리 인형을 올려다보던 스미든이 몇 번이고 까치발을 드는가 싶은 직후였다.

띠용!

미스릴 부츠 뒤꿈치에서 스프링이 튀어나와서는 스미든의 몸을 허공에 띄워 올렸다.

"어떠냐! 내 발명품이!"

어찌나 높이 뛰었던지 격다리 인형을 굽어볼 정도였는데, 망치를 휘두르자니 팔뚝이 말을 듣지 않았다.

그래서 하는 수 없이,

빡!

스미든은 박치기로 인형의 머리통을 떨어뜨려 버렸다.

"공격력도 나름 만족스럽군."

스미든은 칭찬을 바란다는 듯 우쭐한 얼굴이었다. 하지만 베인의 생각은 당연히 다른 듯했다.

((그 몰골로라도 싸워야 하는 이유라도 있겠지?))

그는 무슨 말이든 좋으니 납득을 시켜 달라는 표정이었다.

"당연히 마왕을 위해서다!"

((위대한 마왕을 위해서라면, 내 갑옷 하나쯤 더 구해 오겠네. 세 겹으로 입는 것도 나빠 보이지 않는구만.))

느닷없는 마왕 발언에 베인이 또 과잉 충성을 노래하려는 그때였다.

"왜 여기 없는 사람 얘기를 하고 그래?"

익숙한 목소리에 스미든이 무기고 쪽으로 고개를 돌렸다.

"마, 마왕!"

무기고를 나서는 강철을 향해 스미든이 뒤뚱거리며 달려갔고, 베인도 질세라 몸을 날렸다.

남자끼리 이렇게까지 반가워할 필요가 있을까?

더군다나 NPC가?

하긴, 누가 반겨 주는데 싫을 건 뭐 있겠나.

"마왕, 왜 이렇게 늠름해진 게야?"

"뭐가?"

"근육이 그 정도는 아니었는데? 날개도 그렇고?"

레벨 좀 올리고, 패시브 좀 찍은 게 다다.

그 와중에 달라지는 부분이 있나 본데, 중요한 건 아니라서 별로 신경을 쓰진 않았다.

근데 이 영감은 갑옷을 왜 두 겹이나 입고 뒤뚱거리는 거야?

"스미든, 전직은 했어?"

"호호호! 당연하지. 진작 해 두었네."

((창고에 있는 템을 죄다 부쉈습니다.))

"미안하네. 그 와중에 건진 템이 없다는 게 참······."

"됐어. 뭐, 대단한 거라고."

창고에 있는 템이야 다 날려도 상관없다.

막말로 무기고에 있는 것도 내다 팔 거 아니면 쓸모없긴 마찬가지다.

강철은 스미든의 상태창을 열었다. 계약 관계라서 아주 사소한 부분까지 체크할 수 있었다.

[히든 클래스:어둠의 강화사]

어둠의 결정을 다룰 수 있습니다. 강화석에 어둠의 결정을 더하여 강화 확률을 높일 수 있습니다.

강화 확률은 어둠의 결정 등급에 따라 결정됩니다.

최상급 어둠의 결정 50퍼센트.

상급 어둠의 결정 30퍼센트.

중급 어둠의 결정 5퍼센트.

"어둠의 강화사란 거, 훌륭한데?"

"마왕에게 계약까지 부탁하며 얻은 클래스인데, 내가 괜한 소리를 했을라구?"

칭찬이 고픈 것처럼 눈을 빛내서 강철은 스미든의 등을 두드려 주었다.

"흐흐흐!"

"최상급 결정에다, 최상급 강화석을 섞으면 성공률이 얼마나 될까?"

"강화석 상태에 따라 다르겠지만, 못해도 60퍼센트는 되지 않겠어?"

강화가 60퍼센트 확률이면 감사하다고 절이라도 하는 게 맞다.

"판 깔아 보자."

강철의 말에 스미든과 베인이 일사불란하게 움직였다.

마왕과 아리엘이 떠나고, 케인은 홀로 남았다.

스미든과 베인이 딱 붙어 다니는데 거기 끼기도 좀 그렇고, 만나면 으르렁거리기 바쁜 찰스는 어디로 갔는지 잘 보이지도 않았다.

혼자 있어서 감상적이 되었을까?

케인은 '카이얀'에서 마왕이던 시절을 떠올렸다.

그때 강철이 마왕성에 상주한다는 소문이 돌고는 유저고 NPC고 일절 발길을 끊었지, 아마.

당시에는 NPC 주제에 우울증을 앓기도 했었다.

그러니 그때에 비하면 지금은 무진장 행복한 거다.

강철이 적이 아니라 동료라는 사실 하나만으로도, 모든 게 다 설명될 정도였다.

그래서 그런지 케인은 혼자였지만 열심히 뛰어다녔다. 며칠 뒤 쳐들어올 적들을 대비하느라 열심이었다.

"후우."

그렇게 열심인 케인이 매일같이 출근 도장을 찍는 곳이 바로 마계 중심부에 있는 던전이었다.

처치 곤란한 놈들을 죄다 짱 박아 둔 악질 던전인데, 마계의 쓰레기통이라 부르기 딱 좋은 곳이었다.

그런 델 혼자 들어가는 거다.

발소리만 들려도 죽자고 덤벼드는 통에 '제2군 총사령관' 직책 따위 아무 쓸모도 없었다.

아무튼, 계급장 다 떼고 애매하면 주먹부터 뻗어야 손해 안 보는 그런 동네다, 여기가.

"흐음."

케인은 던전 안내도를 살폈다.

35층, '리치와 헛짓거리하다 잡힌 그의 일당 등'은 무리없이 돌파했고.

36층, '킹 가고일과 가고일 잔당'이면 무난하구만?

무기고에서 맞춘 풀템 덕에 자신감은 충분했다.

습기로 가득 찬 던전 안을 더듬더듬 걸어갈 때였다.

'이쯤에서 가고일들이 덮쳐 줘야 정상인데?'

그런데 나오라는 가고일은 안 나오고, 급작스레 주위 공기만 차가워지는 기분이 들었다.

무슨 일인가 싶어 주위를 둘러보는데 드문드문 고드름이 보였다.

"어?"

기다렸다는 듯이 입김도 길게 뻗어 나왔다.

"갑자기 이게 뭔 일이여?"

케인이 고개를 갸웃할 무렵이었다.

그르르릉!

던전 저 깊숙한 곳에서 터져 나온 묵직한 소리에 케인의 어깨가 움츠러들었다.

가고일이 뱉는다고 하기에는 너무 살벌한 소리라, 케인이 놀라는 건 당연한 일이었다.

《레어로 쏠 만한 곳을 찾아 달라니까, 이따위 허접한 동굴을 권하다니……!》

레어? 무슨 레어?

멀리서 들려온 소리인데, 귀에 꽂히듯이 또박또박 들려왔다.

잠시간 '그냥 돌아갈까?' 고민이 되었지만,

"그래도 마왕이었던 가오가 있지!"

케인은 너클을 고쳐 끼며 일단 달리고 보았다.

염병! 목소리에 짜증이 잔뜩 묻어 있긴 하던데?

던전 깊숙이 향할수록 바닥은 꽝꽝 얼어붙어 있었다.

그 위를 1분쯤 미끄러지듯 뛰었을 때, 예상치 못한 광경이 펼쳐졌다.

크르르릉!

얼음을 비늘처럼 뒤덮고 있는 드래곤이 킹 가고일과 그 잔당들의 시체를 짓밟고 서 있는 게 아닌가?

'저건 또 뭐야?'

던전 안내도를 아무리 살펴봐도 드래곤은 없었다.

드래곤이 마물도 아니고, 가둔다고 갇힐 놈들도 아니라서 던전에 없는 게 당연한 일이었다.

'근데 왜 있는 거냐! 저놈은?'

바로 그 순간,

크아아아오!

케인과 드래곤이 서로 눈을 마주쳤다.

고민할 거 뭐 있나.

케인은 왔던 길로 무조건 뛰었고, 드래곤은 원수라도 진 것처럼 집요하게 추격했다.

어쩐지, 아까 짜증 이빠이 난 것 같더라니!

콰아아아!

프로스트 브레스가 터져 나왔고,

"안 돼! 안 돼애애애!"

케인의 애달픈 비명이 그 뒤를 따랐다.

강철은 각오를 다지듯 퀘스트창을 띄웠다.

[마롱 스피츠의 훈련]

퀘스트 난이도:SS

퀘스트 내용:스피츠의 보주 +5 강화에 성공하시오.

퀘스트 보상:스피츠의 가호

아이템 설명:
아이템에 붙은 '거래 불가' 옵션을 제거합니다(1회).

 무기고에 있는 템을 볼 때마다 '저거 팔면 돈이 얼만데!' 버릇처럼 말하던 강철이었다.
 빌어먹을 '거래 불가' 옵션!
 강철의 마음을 어찌나 잘 아는지, 스피츠가 꼭 맞는 보상을 제안했다.
 레전드리 템을 +5 강화에 성공하면 '거래 불가' 옵션 하나 날려 준다는 거였다.
 '16강만 돼도 2~3억은 너끈하잖아!'
 못해도 최소 2억짜리 퀘스트란 뜻이다.
 지금까지 들인 노력이 아무리 대단해도 2억이면!
 그 정도면 모든 걸 보상받고도 남는다! 진짜!
 "후우."
 강철은 흥분을 감추려 퀘스트창을 닫았다. 그러고는 담담히 시선을 옮겼다.
 이삿날이라도 되는 것처럼 무기고에 있던 장비가 대전에 쫙 깔려 있었다.
 "마왕, 우리 이렇게까지 할 필요가 있을까?"
 스미든은 자신이 없는 얼굴이었지만, 강철은 이미 결심을 굳힌 듯 단호한 표정이었다.

((마왕님께서 이미 결정한 일이시다. 우리는 따르면 그만이야!))

베인은 지가 들고 있는 사이드까지 모루에 얹어 놓을 기세였다.

"이미 좋은 장비들일세. 굳이 위험을 감수할 것까지야……."

스미든의 생각과 달리 강철은 그런 좋은 것만 골라 더 강화를 하고 싶었다.

어차피 팔아먹을 거, 20강 띄워서 10억쯤 받아먹으면 얼마나 좋겠는가?

강철은 기대에 찬 얼굴로 곡괭이를 잡았다.

"시작한다!"

"깨져도 난 몰라!"

스미든이 비명처럼 한마디를 덧붙인 직후였다.

깡!

둬 봤자 내다 팔지도 못할 템들아!

까앙!

20강까지만 올라 줘라!

까- 앙!

거래 불가 옵션은 형이 떼어 줄게!

까가강!

십어어억!

강철이 결의에 찬 얼굴로 강화석을 깎으면,

띠링!

[어둠의 강화술.]

[중급 어둠의 결정을 최상급 강화석과 합성합니다.]

[중급 어둠의 강화석이 탄생하였습니다.]

스미든이 히든 스킬을 발동하여 강화석을 업그레이드시켜 주었다.

마땅히 할 게 없던 베인이 두 손을 모아 기도를 올렸고,

까- 앙!

모든 기운을 받은 강철이 장비를 올려놓은 모루에다 곡괭이를 냅다 내리찍는 거다!

띠링!

[강화에 실패하셨습니다.]

[장비가 깨졌습니다.]

에라이!

그러나 울컥하는 건 잠시뿐, 강철은 다시 곡괭이를 집었다.

"마왕! 15강 에픽 템이 깨진 거야. 지금이라도 정신 차리고 그만두는 편이……."

"16강 간다. 준비해."

"으응?"

[강화에 실패하셨습니다.]

[장비가 깨졌습니다.]

"마왕, 이게 잘하는 짓일까?"

"시끄러!"

[강화에 실패하셨습니다.]

[장비가 깨졌습니다.]

"마와아아아아앙!"

스미든의 비명이 마왕성에 울려 퍼지거나 말거나,

깡! 까앙!

강철은 계속해서 모루를 내려칠 따름이었다.

꿀

멀쩡했던 검이 형편없이 휘어 있었고, 단단한 방패는 반으로 쪼개져 버렸다.

짓밟힌 깡통처럼 찌그러진 투구는 양반이었다.

'이게 대체 뭐였지?' 싶은 고철 더미가 사방에 널브러져 있었는데, 하여간 최소 15강씩 하던 것들인 것만은 확실했다.

"후우."

더 강화할 게 없나 싶은 강철은 주위를 두리번거렸다. 그러자 고철 더미를 비집고 뿜어져 나오는 영롱한 빛이 강철의 시선에 들어왔다.

금빛에 무지개 테두리를 세 겹씩이나 두른 망치가 아주 그냥 번쩍번쩍 존재감을 발휘하는 거였다.

스미든은 고철 틈으로 달려들어 얼른 망치를 꺼냈다.

"이건 내버려 두세. 차라리 내가 착용하겠네."

다른 거 다 깨 먹을 때, 기적적으로 강화에 성공한 18강 템이었다.

스미든이 욕심을 부리는 건 당연했다.

"그거 말고도 강화 성공한 게 또 있었을 텐데?"

스으응!

강철의 말이 떨어지기 무섭게 베인이 달려왔다.

영롱한 무지개 테두리를 두 겹씩이나 두른 스태프를 품에 안고서였다.

칭찬에 굶주린 놈은 무섭다.

"마왕, 이성의 끈을 놓지 말게!"

스미든도 끼어들었다. 이거까지 해 먹을까 불안했던 모양이다.

강철이 무슨 템 부수는 귀신 들린 것도 아니고.

"잘 챙겨 놔. 언젠가 쓸모 있을지 모르니까."

17강 스태프면 아리엘 생각해서라도 하나 챙겨 두는 게 맞다.

강철의 말에 베인은 고개를 숙인 다음, 무기고로 후딱 들어가 버렸다.

"검은? 그게 제일 중요한데?"

"따로 챙겨 놨네."

스미든을 못 믿는 건 아닌데, 이런 건 직접 확인하는 게 맞다.

"어디지?"

"무기고 4층에 고이 모셔 두었는데……."

영감은 그것마저 깨 먹을까 봐 불안한 눈치였지만, 그건 강철을 몰라서 하는 걱정이었다.

강철이 강화 중독자도 아니고, 장비 깨 먹을 때 쾌감을 느끼는 변태는 더더욱 아닌 거다.

20강짜리 대박 템 하나가 떠 주면 그거 내다 팔기 위해서라도, 스피츠가 준 퀘스트를 수행할 이유가 생긴다.

레전드리 템을 +5까지 강화하는 위험을 감수하려면 그만큼 대가도 커야 하지 않겠냔 말이다?

무기고에 있는 템 다 깨 먹으면서까지 어떻게든 고강 템을 띄우는 데 매진한 것도 그 때문이었다.

"일단 확인부터 하자. 잘 있는지."

강철의 말에 스미든은 머뭇대는 걸음을 억지로 옮겼다.

예상대로 무기고는 썰렁했다.

금빛 아우라가 번쩍이던 곳이었는데, 지금은 몰락한 양반집 곳간처럼 텅텅 비어 있었다.

먼저 와 있던 베인은 1층 구석에다 17강 스태프를 모셔 두는 중이었다.

"4층이랬지?"

"그렇네."

강철은 스미든을 안고 단숨에 4층으로 날았다.

"으아아악!"

나는 것에 익숙하지 않은 스미든이 비명을 토해 냈고, 1층에 있던 베인은 부러운 것처럼 물끄러미 고개를 들었다.

4층 정중앙에서 빛줄기가 사정없이 뿜어져 나왔다.

강철은 그 바로 앞으로 스미든과 함께 내려섰다.

크리스털 진열대가 있는 곳이었는데, 과연 그 안으로 기다랗게 눕혀 놓은 장검 하나가 보였다.

16강부터는 무지개 테두리가 하나씩 더해지는데, 저건 무려 네 줄이나 됐다.

[맥라렌의 장검(+19)]

상급 어둠의 결정을 처바르다시피 만든 검이었다.

기세를 몰아 20강까지 띄워 볼까 고민도 해 봤지만, 욕심이 과하면 화를 부른다고 허벅지를 꼬집어 가며 지켜 냈다.

'그래, 참길 잘했지.'

에픽 19강 장검이다.

방패를 낄 수 없는 투 핸드 소드라 인기가 덜하기는 하겠지만,

'염병할! 그래도 19강인데!'

아무리 낮게 잡아도 최소 3억은 할 거고, 통상 4~5억은 한다고 보는 게 현실적이었다.

15강이면 2억 벌고 말 것을, 19강까지 띄워 대략 4억까지 끌어 올린 거다!

"내다 팔 거니까 잘 챙겨 놔."

강철의 말에 스미든은 고개를 갸웃했다.

"거래 불가 옵션이 붙어 있는데?"

"그건 걱정 말고."

스피츠의 퀘스트를 알 길 없는 스미든이야 여전히 고개를 모로 젖힐 뿐이었다.

"그럼 이제 우린 좀 쉬는 겐가?"

혹시나 싶은 마음에 한마디 던졌지만 강철의 표정은 단호했다.

"들어가서 쉬어. 괜찮으니까."

"자네는?"

"나야, 이제 본격적으로 시작해 봐야지."

"또? 아직도 할 게 남았다고?"

강철이 품 안에 손을 가져간 순간, 시스템 메시지가 떠올랐다.

[스피츠의 보주를 해제하시겠습니까?]

강철은 미련 없이 고개를 끄덕였다.

"그러니까, 레전드리 템을 5강까지 가 보겠다는 거잖아?"

스미든이 놀라 떠들었지만, 강철은 손에 든 책에 정신을 집중했다.

"아리엘이 2강화 해 달라고 왔을 때도 진짜 황당했는데, 5강씩이나? 호호호! 하여간 마왕이 배짱 하나는 정말 죽여준다니까."

충분히 놀란 눈치였지만, 의외로 스미든은 크게 반대하지 않았다.

강철이 직접 어둠의 강화술을 익히겠다고 책을 집어 든 뒤로는 나름 안심을 한 모양이었다.

"최상급 어둠의 결정을 6개나 구해 왔으니, 자네 실력이라면 한번 해 볼 만하긴 할 텐데……."

스미든이 혼잣말을 중얼거리던 그때였다.

탁!

강철은 이 정도면 충분하다는 생각에 책을 덮었다.

스미든은 그 모습을 놓치지 않았다.

"대단한 걸 깨달은 눈치구만?"

"5강까지 안전하게 가려면 최상급 어둠의 결정이 만 개는 있어야겠어."

"응?"

최상급 하나면 50퍼센트 버프다.

거기에 강화석 잘 깎으면 10퍼센트 더해져서 60퍼센트 확률을 얻을 수 있다.

제아무리 뛰어난 레전드리 템이라고 해도 기본 60퍼센트까진 보장받는다. 그래서 히든 클래스인 거고, 거창하게 '어둠의 강화사'란 이름까지 붙여 주는 거다.

하지만 말이다. 여전히 깨질 확률이 40퍼센트나 존재한다.

연달아 4번의 강화를 성공시켜야 하는 상황에서, 40퍼센트의 확률은 확실히 부담스럽다.

강철은 모루 위에 최상급 어둠의 결정 하나와 잘 깎은 강화석을 올려 두었다.

[어둠의 강화석을 제작하시겠습니까?]

스미든의 고유 기술이었지만, 강철은 피계약자의 능력 정도야 얼마든지 공유하여 활용할 수 있었다.

더구나 꼼꼼히 책까지 뒤져 봤으니, 빌려 쓰는 정도가 아니라 내 것처럼 다룰 수준은 됐다.

[어둠의 강화석을 제작했습니다.]

[강화 시 60퍼센트의 확률로 성공합니다.]

"후우."

강철은 방금 제작한 흑색 강화석과 나란히 최상급 어둠의 결정을 올려 두었다.

띠링!

[어둠의 강화석에 어둠의 결정을 더하면 65퍼센트로 성공 확률을 증가시킬 수 있습니다.]

[최상급 어둠의 결정 1개가 소모됩니다.]

[합성하시겠습니까?]

강철은 합성 버튼을 눌렀다.

[어둠의 강화석을 제작했습니다.]

[강화 시 65퍼센트의 확률을 보장받습니다.]

강철은 다시금 시스템창을 띄워 합성이 가능한지와 성공 확률이 계속 높아지는지를 확인했다.

[65퍼센트→70퍼센트]

[최상급 어둠의 결정 5개가 소모됩니다.]

[70퍼센트→75퍼센트]

[최상급 어둠의 결정 10개가 소모됩니다.]

[75퍼센트→80퍼센트]

[최상급 어둠의 결정 30개가 소모됩니다.]

총 95퍼센트까지 올릴 수 있었는데, 60퍼센트에서 95퍼센트까지 올리는 데 소요되는 어둠의 결정만 총 497개였다.

고강화로 올라갈수록 더 많은 결정을 필요로 할 테니, 넉넉잡아 1만 개는 들고 있어야 안전하게 +5강을 해낼 수 있다는 계산이 나왔다.

"마왕, 정 찝찝하면 70퍼센트 선에서 끊는 게 어떤가? 최상급으로 1만 개가 말이나 되느냔 말이지."

"오래 걸리긴 하겠네."

"그렇다니까. 지금 자네가 이틀에 걸쳐 6개를 구해 온 걸세. 1만 개면 뭐냐, 얼마나 걸릴지 헤아리기도 힘들구먼."

선택의 순간이다. 대충 운에 맡겨서 70퍼센트에 걸어 보느냐, 남들이 볼 때 존내 미련해 보이는 짓거리를 계속하면서 95퍼센트까지 끌어 올리느냐.

강철이 벌떡 일어서자 스미든은 얼른 달려가서 망치를 가져왔다.

강화할 준비를 다 마쳤다는 듯 늠름한 표정까지 지어 보인 그때였다.

"일단 치우자."

"응?"

"까짓것 모아 올 테니까, 그때 제대로 해 보는 거야."

"1만 개를?"

당장은 힘들더라도 최소 프로모션 전까지 497개는 모을 생각이다. 그래야 1강화라도 더 한 상태로 프로모션에 참가할 수 있으니까.

이번 프로모션 결과에 따라 아빠의 빚은 물론이고, 송재균의 입지나 아리엘이 보장받는 액수가 달라진다.

남들이 볼 때는 무식하게 달려드는 것처럼 보일지 모른다. 그러나 강철은 늘 성공할 수 있는 최고의 방법을 찾았다.

가진 게 없으니까!

손에 쥔 게 없어서 달려들 때에도 상대를 감당할 수 있는 방식을 찾았고, 그 결과로 카이얀에서 유저 1위가 될 수 있었다.

 지금도 마찬가지다. 70퍼센트에 헛된 기대를 걸 바에야, 어떻게든 노력으로 그 숫자를 끌어 올리는 편이 진정 강철답다.

 강철이 각오를 다지듯 이를 악물 때였다.

 쿵! 쿵! 쿵! 쿵!

 "마왕님! 살려 주십쇼오오오!"

 커다란 발소리와 익숙한 비명 소리가 대전 밖에서 들려왔다.

 그리고 잠시 뒤,

 쾅!

 커다란 문이 열리고, 오만상을 쓴 케인이 숨을 헐떡이며 뛰어왔다.

 쿵! 쿵! 쿵! 콰아아아아!

 곧 놈의 꽁지를 바짝 따라붙는 프로스트 브레스와 함께 반가운 녀석이 나타났다.

 "뭐야? 왜 둘이 같이 들어와?"

 케인의 피가 520밖에 남지 않은 상황이었다. 녀석의 얼굴이 노래진 것도 무리는 아니었다.

 "마왕님, 저 용가리가 미친 듯이 따라오지 뭡니까?"

 강철을 마주하니 이제야 안심이 된 모양이다, 케인은.

엄마에게 고자질하는 꼬마처럼 아주 작은 얘기까지 다 털어놓으려는 폼이 딱 그랬다.

"어디서부터 쫓긴 건데?"

"던전 36층입니다."

"몇 층짜리?"

"500층이요."

"그걸 다 뚫을 때까지 살아서 도망 왔다고?"

"저 강하게 설계됐다니까요?"

케인은 자기가 말하고도 뭔가 뻘쭘했는지 고개를 숙였다.

"하여간 저 용가리 혼자 던전 500층을 완벽하게 클리어했지 뭡니까."

재밌게들 산다, 아주.

폭룡 로저스는 강철과 케인의 대화를 잠자코 듣기만 했는데, 뭔가 불만스러운 표정이었다.

강철도 그걸 모르지 않았기에 녀석을 빤히 바라봤다.

서로의 눈빛이 부딪친 순간, 폭룡의 미간에 난 기다란 흉터가 꿈틀거렸다.

"주인으로 모신다더니, 눈은 그럴 마음이 전혀 없어 보이는데?"

그르르릉!

폭룡은 그에 대한 대꾸를 하는 것처럼 울었다.

이깟 용가리, 부하로 거두나 마나 별 필요도 없는 강철이다.

 가겠다면 얼마든지 놔줄 용의가 있지만, 제 발로 찾아와 놓고 으르렁거리는 건 곤란하다.

 강철은 사이드를 꺼낼 것도 없이 주먹을 그러쥐었다. 그러자 폭룡도 기다렸다는 듯 입을 쩍 벌렸다.

 콰아아아!

 놈이 먼저 브레스를 뿜자,

 촤아아악!

 '마왕의 진격'을 활용해 브레스 안에다 몸을 날린 강철은,

 휘유욱! 퍼억!

 폭룡의 미간으로 냅다 주먹을 꽂아 넣었다.

 콰과과과과!

 로저스의 육중한 몸이 바닥에 꽂혔고, 아래 깔아 둔 돌들이 무게를 못 이기고 어그러졌다.

 보통이라면 쓰러진 놈의 머리 위로 올라가 열심히 주먹을 내리꽂아야 맞다.

 하지만 지금처럼 실력 차이가 큰 상황이라면 굳이 그럴 필요 뭐 있겠나.

 강철은 널브러진 폭룡을 보며 날개를 접었다.

 로저스는 대체 무슨 일이 벌어졌는지 모르겠다는 듯 멍한 얼굴이었다.

 하긴, 강철과 싸운 지 하루도 되지 않았다.

그때의 패배도 방심 때문이라 믿는 놈은 지금의 상황이 도무지 믿기지 않을 것이다.

하지만 강철은 그 전투를 통해 렙업을 150이나 했고, 덕분에 심화 스킬도 배울 수 있었다.

놈에겐 미안한 말이지만, 하루 전의 강철을 생각하고 덤벼서는 답이 없는 거다.

"돌아가. 계약은 없던 거로 하겠다."

크르르!

폭룡 로저스는 무시당했다고 여겼는지 불편한 감정을 눈빛과 나직하게 울어 대는 것으로 완벽하게 표현했다.

"계약을 원한 것은 내가 아니라 너였다. 어떤 사정이 있었는지는 모르겠다만, 계약을 맺고도 이빨을 드러내는 수하 따위 필요 없다."

스미든과 케인이 긴장한 눈으로 강철과 로저스를 번갈아 보는 앞이었다.

크르르르릉!

"경고하는데, 한 번만 더 내 앞에서 으르렁거리면 그때는 정말 죽여 버릴 테니까 빨리 마왕성에서 꺼져!"

말을 마친 강철은 무서운 눈으로 로저스를 노려보았다.

짧은 침묵이 흐르는 동안, 강철과 로저스가 꼼짝도 않고 서로를 노려보고 있었다.

정 죽고 싶은 거라면……!

강철이 주먹을 꽉 움켜쥔 순간이었다. 폭룡이 육중한 몸을 일으켰다.

《폭룡 로저스가 마왕님을 뵙습니다.》

그러고는 뜻밖에도 고개를 땅에 처박았다.

자존심 하나로 먹고사는 폭룡이다.

스미든과 케인, 베인이 화들짝 놀라서 바라볼 만큼 대단한 장면이었는데, 강철은 심드렁한 얼굴이었다.

바로 그때였다.

띠링!

예상치 못한 타이밍에 시스템 메시지가 떠올랐다.

[폭룡 로저스가 획득한 1,120골드와 에픽 아이템 2종, 최상급 어둠의 결정 611개를 획득하실 수 있습니다.]

[받으시겠습니까?]

응? 다른 건 다 몰라도,

"최상급 어둠의 결정 611개?"

611개면 당장 스피츠의 보주를 한 단계 강화할 수 있는 양이었다.

강철은 놀라서 시스템을 확인했다.

[던전 500층을 공략하여 획득한 전리품입니다.]

[복종한 개체가 획득한 보상은 마왕의 소유입니다.]

[받으시겠습니까?]

그러니까 폭룡이 던전 500층을 돈 대가라는 거잖아?

"케인, 네가 밥값은 하고 다니는구나?"

"예?"

케인이 어리둥절한 표정을 짓고 있을 때, 강철은 가벼운 미소와 함께 수락 버튼에 손을 가져갔다.

4권에 계속